译文纪实

THE RED MARKET
On the Trail of the World's Organ Brokers, Bone Thieves, Blood Farmers, and Child Traffickers

Scott Carney

[美]斯科特·卡尼 著　　姚怡平 译

人体交易

上海译文出版社

献给我的父母

Linda Haas Carney

和

Wilfred Ignatius Carney Jr.

"假使血液这种活体组织愈来愈多被当成商品来买卖，并从血液交易中累积获利，最终必定会受商业规则辖治。"

——英国社会人类学家理查德·蒂特马斯

"印度境内其他地方，人们在说着要去马来西亚或美国的时候，眼里都闪烁着希望的光芒；海啸难民安置区的人，眼里闪烁着希望的光芒时，却在说着要卖肾的事。"

——印度社会活动人士马利亚·瑟文

目录

前　言　死路 …………………………………………… 001

导　言　人与肉 ………………………………………… 001
第一章　人体炼金术 …………………………………… 017
第二章　人骨工厂 ……………………………………… 032
第三章　肾脏勘探 ……………………………………… 050
第四章　面见家长 ……………………………………… 070
第五章　圣母怀胎 ……………………………………… 086
第六章　婴到付现 ……………………………………… 107
第七章　血钱 …………………………………………… 122
第八章　临床劳工小白鼠 ……………………………… 139
第九章　长生不老的承诺 ……………………………… 155
第十章　黑金 …………………………………………… 174

后　记　罗莉塔·哈代斯蒂之颂 ……………………… 183
致　谢 …………………………………………………… 190
参考文献 ………………………………………………… 193

在贾尔冈（Jaigaon）这座位于印度与不丹边境的小镇里，搜出了一袋胫骨。赃物库里还有一百多颗颅骨，都是从坟墓里盗取的——最有可能是瓦腊纳西（Varanasi）墓园。我来到此处，原本是打算要找到那些即将送往美国医学院的解剖标本，却发现这些骨头其实是要制成长笛，卖给不丹的佛教徒。

前言　死　路

　　副督察手上的香烟逐渐变短,他吸完最后一口烟,把烟蒂弹到窗外,烟屁股落在邻国的土壤上。他所负责的这间警察局,是一栋外观矮宽的混凝土建筑,恰巧位于国界之上,甚至只要穿越房间,就有可能身处于邻国的管辖范围。副督察的职责就是监督走私品在这个世上最大的民主国家与最后一个君主政体之间的流动状况,他花时间阅读报纸,计算着自己和德里之间那段超现实的距离。他在衬衫口袋里找烟,但烟盒已空。他皱了皱眉,望向桌子对面,思索着我的要求。

　　"所以,你想看骨骸啊。"

　　我不确定他究竟是在问我,还是在陈述事实。坐在木头凳子上的我移动了身体的重心,凳子一往前倾就嘎吱作响。我点了点头。

　　这两周以来,我在西孟加拉邦(West Bengal)境内仔细搜索,有人告知我"人骨工厂"的消息,因此我立刻前往调查。一百多年来,印度各地乡间的坟墓陆续遭人挖空,遗体被卖到国外,作为解剖示范用的骨骸。最近,人骨贸易的覆盖范围大为增加,在美国境内每一间教室里的人骨肯定都是来自印度。虽然一九八五年时,印度政府禁止人体组织出口,许多人骨贩子因而被迫歇业,不过,若干人骨贩子至今依然存在,只是他们被迫转入地下,而且正如人体市场的其他生意一样,业务欣欣向荣。

我好不容易来到了印度和不丹的国界，将某位令人特别不快的解剖专家之供应链给记录下来，据说对方与西方国家的公司仍有联系。虽然做这行的利润很高，但是实际处理人骨的地方却没什么好看的。那些位于隐秘地点的人骨工厂，其实只不过是河岸边用防水帆布搭建的小棚屋，源源不断的无数尸体就在此处缩减到只剩下最基本的部位。人骨贩子雇用了盗墓人和自学而成的解剖专家，除去人骨上的肉，把人骨抛光成洁白的光泽，然后包装出货。

当然，这门恐怖的生意并不受当地人与警察的欢迎，因此人骨贩子都在大家看不到的地方工作，我花了整整三个礼拜的时间，才终于找到一条线索。

当时某报纸刊登了一则短篇报道，说某间警察哨所在一次搜捕行动中，幸运地查获了私藏的颅骨和其他骨头。我心想，机会终于来了。于是经过长途跋涉，终于来到了印度边境的贾尔冈过境处。虽然贾尔冈每天有数千名旅客过境，但这里并不以好客闻名。

"所以，你想看颅骨啊，"副督察假笑着说，"没问题。"

他从办公桌后起身，示意我随他走到窗户旁。玻璃窗上满是尘垢，窗外可俯瞰印度这边的国界。他指向隔壁那栋形状矮宽的混凝土建筑物。"他们就在那里设立工厂，三个房间里都装满了骨头。"在这个地点，交易商不用应付边境警察，只要把一袋袋的走私品抛过墙，就能丢到邻国去了。不过，把工厂设在警察局的旁边，仍然是个拙劣的做法。

"老实说，"他说，"这不是什么大问题。我们原本还担心那些人骨可能是谋杀案受害者的，因为印度好像没有什么具体的法律禁止盗墓，他们有可能最后会无罪释放。"就算要以盗窃罪起诉他们，也会是个问题，毕竟那些骨头的原拥有人现在都已经死了。

逮捕行动过后，警方将那些骨头登记为证据，万一届时法院决定

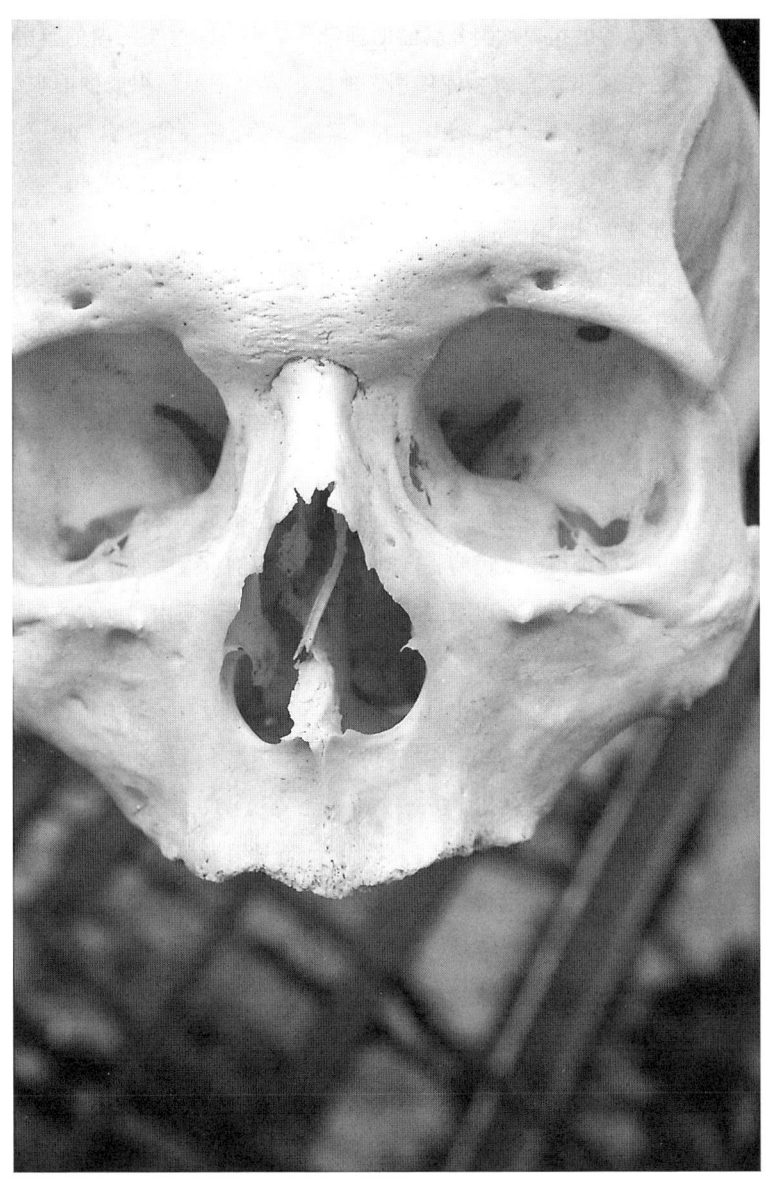

这颗人类颅骨是警方在印度加尔各答城外搜出的私藏骨骸之一,牙齿已脱落,因此价格远低于较完整的颅骨。它闻起来有点像炸鸡的味道。

听取对有关人等的指控。副督察的助理带我来到一间遍布污渍的牢房，那间牢房兼作侦讯室与赃物库使用。他拉出六个尼龙编织成的旧水泥袋，其中一袋落在地板上，袋内的枯骨碰撞，发出响亮的声响。他摸索了一会儿才打开了绳结，拉出一层透明塑胶布。

第一个水泥袋里装满腿骨，有泥土的味道。从腿骨上黏附的土块可看出，它们已经埋在地底下好长一段时间了。少数一些胫骨带有锯痕，工人切除了球形端，现在外观有如长笛的吹口。接着，副督察把绑紧第二个袋子的棕色麻绳猛然一拉，一整袋颅骨露了出来。每一颗颅骨都被锯成了好几片，头顶底下的部位已被去除并丢弃，只剩下一百片左右的头盖骨。

我仔细查看了这些颅骨，不由得皱眉，这些不是我要找的颅骨，它们太过老旧，处理得也太过精心。符合标准的解剖示范用骨骸必须在短时间内制备完成，而且会以系统的方法将骨头清洁到实用的程度。骨骸一旦在土壤里待得太久，有经验的医生就不可能会认为这些骨骸能用于研究。此外，哪个医生会不想目睹骨骸的其余部分呢？看来我是找错了人骨贩子，偷窃这些骨头的人所规划的生意路线是不一样的，他们的营销对象不是医生，而是僧侣。

不丹佛教的某些教派之所以独具特色，就是因为其教义言明，要了解生命之有限，唯一之道就是在遗体旁长时间凝神沉思。因此，每一个家庭和虔诚的佛教徒都需要精心制备的人骨法器。最常见的，就是把胫骨雕刻成长笛，颅骨的头盖部分切割成法钵，所以才会有这几袋的胫骨和颅骨。

又是一条死路，我已经习以为常，却仍旧不由得心生讶异，我从来没想过，遭窃的骨骸会有这么多贩售渠道。我拍了几张照片，谢谢那些警察为我抽出时间。我耗费一天半的交通时间来到此地，终究是白忙一场。

我的司机发动引擎，驶离警察局的车道，车后扬起一团褐色尘土。我准备好面对漫长颠簸的回程之路，以及差点与对面车流迎头相撞的惊险体验。在如此贴近死亡之后，我突然有了一些想法。印度乡间竟有两组窃骨人马竞夺尸体，实在令人难以置信。人体器官市场是否只存在于国际贸易的边陲地带？究竟有多少种贩售人体的方法？

如果在世界上如此偏远的角落里都有人竞相争夺尸体，出口死人遗体，那么在世界上的其他地方，或许也会有人从遗体中获利。也许，人体的每一个部位，小至骨头、韧带、角膜、心脏、血液，大到整具遗体，每天都有人在进行交易。

我还不知道事实真相如何，这只是我研究调查全球人体交易的开端。我计划要踏遍印度、欧洲、非洲、美国各地，寻找合法与非法的人体器官交易产业。人肉市场，远比我想象中的还要大。

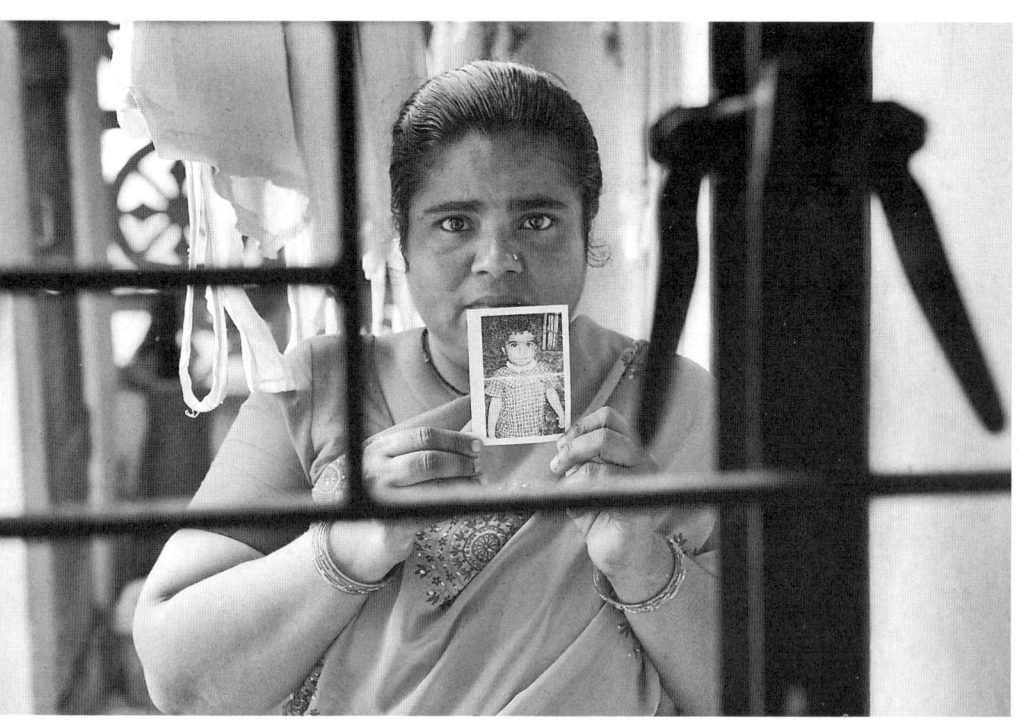

法蒂玛找女儿莎宾已经找了快九年,绑票案的调查费用已经让他们一家人破产,现在他们住在印度金奈的瓦舍门佩(Washermenpet),某栋建筑物顶楼一小间混凝土棚屋里。根据法庭记录,莎宾被送到澳洲,社会活动人士已花费数年时间,努力安排他们一家人团聚。

导言　人与肉

我的体重接近两百磅，棕色头发，蓝色眼睛，牙齿齐全。就我所知，我的甲状腺输送适量的激素到全身动静脉总计十二品脱的血液里。我身高六英尺二，所以有很长的股骨和胫骨，以及牢固的结缔组织。我的两个肾脏功能正常，心脏也以每分钟八十七下的速度稳定跳动着。从上述指标算来，我大约价值二十五万美元。

我的血液可分离成血浆、红细胞、血小板和凝血因子，以拯救手术台上的患者性命，或者阻止血友病患者的血液不受控制地流出；我那些连接关节的韧带，可以从骨头上刮下，移植到奥林匹克运动员受伤的膝盖里；我脑袋上的头发可制成假发，或可还原成氨基酸，作为烘焙食品的发酵剂使用；我的骨骼可作为生物课堂里最引人注目的存在；我的主要器官，如心脏、肝脏、肾脏等，可以让器官衰竭患者延长性命；我的角膜可切下，让盲人恢复视力。而即使是在我死亡后，病理学医生也可以取出我的精子，帮助妇女受孕，而妇女产下的婴儿也同样有其价值。

我是美国人，肉体可以高价卖出，但假使我是在亚洲国家出生的话，价格可就低多了。医生与掮客——无论是哪个国家的——通过市场运送我的身体部位，光是提供这样的服务，就能赚上一大笔钱，而且收入囊中的金额远超过身为卖家的我。原来，无论是在器官市场里，还是在鞋子和电子产品市场里，全球供需法则都是颠扑不破的真理。

技工能够把老旧的汽车零件换成新品，替嘎吱作响的接合点上油，让引擎再度运转；同样，外科医生也可以把坏掉的器官换成新的，延长患者的生命。年复一年，技术藩篱愈来愈低，工序也愈来愈便宜。不过，人体跟机器有别，不会有一堆高品质的二手人体零件供人取用。于是，近年来有许多人尝试制造人工心脏、肾脏和血液，但是跟真品比起来，实在没什么吸引力。人体实在是太过复杂精密，目前工厂或实验室皆尚无能力复制人体。这就表示，为因应人体器官需求，目前的唯一办法就是在活人和刚去世的死者当中寻找原料来源。

我们需要大量的人体原料，来为医学院提供尸体，让那些未来的医生能够充分学习人体解剖学；领养机构把第三世界的成千上万名儿童送到第一世界，填补美国家庭里的断裂；制药公司需要活人来测试下一代的超级药物；美容产业每年要处理数百万磅的人类头发，以因应消费者对新发型永不休止的渴望。还说什么热带岛屿上穿草裙的食人族呢，再也别提了吧，当今人类对人肉的胃口比历史上任何时候都大。

但是，若决定人体可以在开放的市场上交易，就会产生奇怪的魔力。多数人直觉上知道，人类的特别之处不只是有形的存在（小至赋予质量的原子和夸克，大到维系生存的复杂生理结构），还有那种仅会伴随生命而来的存在感。在本书中，为了让读者理解我的文字，我假定人体是有灵魂的。① 灵魂离开后，人体就会变成一堆物质。

虽然我们情愿认为自己的身体是神圣的，不是市场上可以随意翻找的货品，但是人体器官的销售活动其实很热络，每年器官交易金额高达数十亿美元。全球人口将近六十亿，供应量可说是相当充沛。就全球的供应量而言，有将近六十亿个备用肾脏（要是够冷血无情的话，也可以说有一百二十亿个），还有将近六百亿升的血液，角膜的数量也足以填

---

① 灵魂的存在或不存在，有其源远流长和错综复杂的哲学和理论传统信念，对此我没有资格多加谈论。但采用灵魂的概念，有助于剖析活生生人类的特殊性以及构成人体的纯粹生理物质两者间的差别。活人与死人之间的差别非常明显，而活人所拥有的特殊性——无论那是什么——就是本书的立基所在。

满一整座足球场。唯有一点会妨碍交易者赚取如此庞大的潜在利润——交易者无权开采资源。

以儿童领养市场为例,目前,若某个家庭决定要将国外的贫困儿童带回国内养育,他们对孩子的身份其实只有模糊的概念,因此在寻找心目中理想的婴儿时,只会根据可用的婴儿市场来缩小期望范围。他们会浏览国际领养机构在网上发布的候选名单,阅读报纸上对育幼院里身心匮乏的儿童所做的报道,然后费尽心力决定哪些具体的特质会让自己起了领养的念头。

当然了,那孩子将来某一刻就会成为家里的一分子,不过实际上要领养到孩子的话,就得涉及由中间人和腐败的政府官僚所操控且又往往黑幕重重的供应链,而且许多中间人和官僚看待儿童的态度,也只比看待尸体要好上一些而已。唯有等到那个家庭把孩子带回家后,那孩子才能从抽象的概念变成真正的人。

不过,我们对这一主题所抱持的道德立场并不重要,因为人体毋庸置疑就是一种商品,令人不安的商品。人体作为产品时,并不是在工厂里由穿着无菌衣的劳工组装成的新品,而是像废料市场里的二手汽车那样取得的。在你开支票取得人体组织以前,某个人必须把人体组织从一小个带有人性的东西,变成具有市场价值的商品。废料的价值是以金钱计算,但人体不仅是以金钱计算,还要根据血统,根据获救与失去的生命所具有的无可言喻的价值来计算其价格。购买人体就等于是担负了人体来源的责任——在伦理道德方面要承担,在前任拥有者的生理史与基因史方面也要承担。这是一桩永远都不会结束的交易。

在法律上或是经济上,有三种市场:白市、灰市、黑市。黑市所交易的是非法的商品和服务,例如走私的枪械和毒品;而非法制造的DVD和未课税的所得则属于合法的灰色区域;白市就是每一样合法的与台面上的东西所隶属的领域,例如从街角的杂货店购买的食品杂货,每年要尽职送缴的所得税等。这三种市场有一个共通点：交易品都有现实世界的价值，可轻松换算成金钱，金钱一经易手，交易就结束了。可是，人体市场却不一样，因为顾客能重获性命与家庭关系，这都要归功于供应链。

欢迎来到人体市场。

人体市场所推出的是充满矛盾的产品，社会对人体的忌讳，与个人对活得长久幸福的渴望是抵触的。假使商品市场是用代数计算的，那么人体市场就是用微积分计算的，每一个等式都含有零和无穷大的数字。人体市场的存在，是因为供应者和买家都发生了可改变人生的大事。无论买家承不承认，总之，接受了别人的肉体，就等于是一生都亏欠了供应者。

由于有了这一层关系，加上人们在处理人体时不喜欢采用赢利主义的用语，因此所有的人体市场在交易期间都采用奇特的利他主义语汇。人们不是卖出肾脏、血液、卵子，而是"捐赠"出去的。养父母不是在扩大家庭规模，而是在领养贫困的孩童。

然而，尽管有这些连结，人体和人体部位的金钱价值依旧稳固不坠，而且赤贫地区增长迅速的人口，也是供应量接近无限的一部分原因。

在埃及、印度、巴基斯坦、菲律宾，一整个村落都在卖器官、租子宫、签字出让死后的身体权的情形并不少见，当中包含被胁迫的交易，也有双方都同意的交易。交易人体部位的中间人——通常是医院与政府机构，但有时是最丧尽天良的罪犯——会以尽可能低的价格买进，同时还向买家保证人体部位来源合乎道德。虽然采购过程有时令人厌恶，但是最终的销售往往是合法的，而且其拯救人命的微妙道德层面，也往往让这类交易获得认可。至于犯罪行为，则用"利他主义"的理想掩盖过去。

在人体市场产生交易行为，我们得要感激人体部位来源与最终结果之间的所有连结，这点和我们人生中所从事的其他交易行为并不相同，其他交易很少会像购买他人身体部位那样，立即会有红旗举起进行道德示警。至于如何才算是"合乎道德的来源"，这是人体市场中每一位潜在受益者必须认真思考的问题。

如果我们需要自己的身体方能存活，那么身体的部位怎么可以给别人呢？以活人捐赠器官为例，患者怎么可以有权获得健康者的器官呢？需要符合哪些条件，才能把第三世界的孩童送到第一世界呢？人体交易无可避免有其令人厌恶的社会副作用，亦即社会阶层高的人可以取得阶层低的人的人体部位，从来不是反过来的。即使没有犯罪因素在内，但是未受限制的自由市场会有如吸血鬼，夺取贫民区里穷困捐赠者的健康和气力，把他们的身体部位送到有钱人那里。

支持人体交易不设限的人往往会说，愿意贩卖自身组织的人可以从交易中获利，那笔钱应当能够让他们从贫困的深渊跃升至较高的社会地位。毕竟，我们难道不是都能对自己的身体遭遇做出决定吗？这当中的逻辑大概是这样的，人体组织是社会安全网的最后一道防线，贩售人体组织可以当成是救生索，让人脱离绝望的情境。可是，现实在于，贩售人体与人体部位者很少能目睹自己的生活获得改善，而且社会学家很早就知道改善生活不过是幻想。[1] 贩售身体部位无法获得长期利益，只会招来风险。

只有在一种情况下，一个人的社会地位蹿升会跟人体器官的蹿升速

---

[1] 有大量学术文献探讨贩售肾脏所招致的社会副作用。虽然有许多人积极支持器官市场，但是那类文章大多是由经济学者和器官移植外科医生所撰写。如需若干代表性的研究范例，参见劳伦斯·柯恩（Lawrence Cohen）撰写的《疼痛之处》（*Where it Hurts*），刊载于一九九九年期的 *Dædalus*。亦可参见马达夫·哥雅（Madhav Goyal）等人撰写的《在印度贩卖肾脏所造成之经济与健康后果》（*Economic and Health Consequences of Selling an Kidney in India*），文章标题直截了当，刊载于二〇〇二年十月期的 *JAMA*。亦请参见本书的参考文献。

度一样快,那就是一次卖出整个身体的时候,也就是婴儿进入国际领养市场的时候。

全球的孤儿多达数百万,表面上看来,领养可减轻这个重大的社会问题。儿童无一例外会从社会边缘的不稳定处境,进入经济稳定且有关爱的家庭里。然而,领养市场如同其他市场,也面临着短缺的压力。西方国家——占国际领养案的大多数——想要肤色较浅的婴儿,造成孤儿院偏爱某些种族。在美国国内,孤儿院成了一种不幸的透镜,可观察到美国的种族政治现象。白人孤儿往往没多久就会被热切的家长领养,黑人孤儿则往往是在领养系统里长大。

在美国以外的国家,问题就更加严重了,而衡量严重程度的标准并非在于种族地位,而是儿童的健康问题。因为在印度、中国、萨摩亚、赞比亚、危地马拉、罗马尼亚、韩国等国,资源不足的孤儿院会使儿童的发育受到阻碍。在这些国家以及多数的第三世界国家,领养系统的经营模式跟香蕉市场很类似,这点听来实在令人不快。假使儿童或香蕉存放得太久,在市场上的价值就不太高了。儿童在机构里待的时间愈短,就愈有可能进入领养家庭,而孤儿院往往能从每一件国际领养案中,收取相当数额的领养费。当儿童通过领养来提高社会地位时,若库存量与转让契据有过大的差异,就表示领养机构需要提高周转率,或采用创新的方式,在很短的时间内获得儿童。而要解决这个问题,则有合法和非法的方式。

截至一九七〇年代,全球各地都在尝试人体部位的开放贸易。大家最先争论的就是人体部位买卖是否合法,而最无争论余地的就是血液买卖的争议。一九〇一年,维也纳人、科学家卡尔·兰德斯坦纳(Karl Landsteiner)发现了四种血型的存在,终于开启了安全输血的时代。在那之前,接受输血就像是在玩俄罗斯轮盘赌,有时存活,有时痛苦地死在手术台上，外科医生搔着脑袋，既困惑又沮丧，他们不知道血型不相容会让血液凝结，造成患者死亡。兰德斯坦纳发现血型时，适逢第一次世界大战，人对人的直接输血进行了数十万次之多，战场上的士兵纷纷得以幸存下来。

到了第二次世界大战，血库的贮藏量已经足以让血液成为一大战争武器，能让士兵活下来打仗。采血诊所提供现金给愿意献出一品脱血液的人，借以因应激增的需求。血液随时可用，有一个立竿见影的好处——医生能够施行比以前更大面积的手术，失血不再是手术过程的障碍。这样的发展更带领了整个医学领域往前大步迈进。

此外，这也表示采血中心成了一门大生意。截至一九五六年，美国境内诊所每年购买的血液量超过五百万品脱；十年后，贮藏量达到六百万品脱。采血点在各大城市外围的贫民窟里迅速兴起，普遍得就像是今日贫民窟里的支票兑现点和当铺。在印度，各种全国性工会与政府协商血液价格，不久之后，职业捐血人在印度次大陆各大城市的供血量遽然增加。

当时，血液的供应可救人性命，很少人会为了供应链的道德与否感到困扰。直到一九七〇年，情况才有了变化。当时英国社会人类学家理查德·蒂特马斯（Richard Titmuss）担心人体市场会造成大家无法平等地获得先进的医疗，而蒂特马斯对此议题所抱持的道德立场，则是受到自己的国家——英国——的影响。英国在二战期间发明捐血活动，数百万人无偿捐献自己的血液，为战争尽一份心力。即使是战后，英国医院所取得的血液也几乎不用买，英国人认为献血是爱国的表现，是应尽的义务。蒂特马斯在《赠与关系》（*The Gift Relationship*）一书中，曾比较美国的商业体系与英国的利他体系，并提出两大论点。

第一，蒂特马斯证明了购买血液会导致血液供给里的肝炎案例增加，迫使医院与血库日趋采用胁迫手段来增加人类血液的贮存量。购买血液不仅是危险的行为,也是剥削的行为。商业采血会造成国家寻求尽可能便宜的血液来源,开始要求囚犯捐血,蒂特马斯把这种情况比作蓄奴制的现代版。蒂特马斯说,其他的人体组织市场也有可能会迅速出现同样的剥削现象。

第二,蒂特马斯主张,解决问题的唯一方法就是创造出完全以利他性的捐赠为基础的体制。他认为,血液捐赠体制不仅能拯救生命,还能为医院创造利润,此外,更可以构建一个个共同体。他写道:"作为社会一分子而替陌生人付出的人,自身(或其家庭)最终都能作为社会一分子获益。"[1] 对蒂特马斯而言,人体与人体部位应该仅能作为交换的礼物,你可以直接把它想成是血液社会主义。

尽管有主张血液商业化的游说团体极力反对,但是显然大家采纳了蒂特马斯的意见。于是美国通过法律,让自愿捐赠成为常规。付钱购买任何种类的血液,会被视为胁迫行为,且要处以高额罚款。(不过,应注意一点,并非所有血液都是生来平等的,血浆就是当中的例外,血浆比较容易在人体里再生,一直以来也是美国境内许多人经常用来赚外快的方法)而这股趋势蔓延到了其他的人体组织市场。

一九八四年,艾尔·戈尔(Al Gore)呼吁禁止付钱购买任一人体部位,并进一步协助该项国家法律通过。他在美国参议院的议员席发表了著名的演说,其中引用了蒂特马斯的这句话:"人体不应该只是备用零件的集合体。"之后,参议院便表决支持《国家器官移植法案》(*National Organ Transplant Act*),明令禁止贩卖人类器官与组织。世界各国也纷纷起而效仿。今日,除了少数几个显著的例外,凡贩卖血液、购买肾脏、为领养而购买儿童或死前贩卖自己的骨骸,在各国一律属于非法行为。此外,他们还针对自愿捐赠一事,设立了复杂的制度。人们在

---

[1] Richard Titmuss, *The Gift Relationship* (London: George Allen & Unwin Ltd., 1970), 215.

血库捐血,签署器官捐赠卡,在死后将身体赠给科学机构,这些全是免费的。理论上,以金钱交换人体部位者,可能最终会落到坐牢的下场。法律规定得一清二楚,购买人体是错误的行为。

只可惜,在人体生意的利润公平方面,法律有其不足之处。这个由蒂特马斯所勾勒且广为其他各国采纳的体制,有两个致命的缺陷。第一,个人无法直接买卖人体,但医生、护士、救护车司机、律师、管理人员等,全都能为自己提供的服务开出市场价格。患者或许没有付钱买心脏,却肯定支付了心脏移植的费用。实际上,心脏的成本转移到了取得心脏的服务成本当中。医院与医疗机构日趋从器官移植手术中获利,有的甚至将收益分给股东。供应链里的每一个人都赚到了钱,只有实际的捐赠者一毛钱也没拿到。在明文禁止购买人体部位后,医院基本上可以免费取得人体部位。

站在顾客的角度来看,美国的器官移植生意很类似剃须刀制造商吉列公司广为人知的经营模式。吉列公司剃刀的把手费用微乎其微,购买刀片的费用却很昂贵。肾脏移植的情况也是如此。患者自然是不能购买肾脏,但一个持有证明的二手肾脏,其移植费用却将近五十万美元。

一如其他所有的经济体系的情况,免费供应原料只会引诱人找到新的方法来加以利用。在美国,发生几种绝对紧急的情况时就会需要可移植的人体部位,例如肾脏衰竭。这向来是一成不变的做法,一般也都不会有人对此产生质疑。甚至有人在候补名单上竟然等了长达五年,这再次证明了器官严重供不应求的状况。不过,事实可能并非如此。

四十年来,美国器官共享联合网络(UNOS)一直都在扩大现有的遗体捐赠者数量,却始终赶不上患者对新器官的需求,候补名单只会变得愈来愈长。因为当有更多的器官可用之后,医生会把那些新的、先前认为是不符资格的患者加入移植名单里。随着外科医生发现捐赠者捐出的人类材料可帮助更多的患者,移植技术和病人的结局获得持续改善。

然而事实上，器官的需求量并非固定不变，只是移植名单掩盖了这个事实。名单的长度其实是受可用器官总供应量的影响的，而需求则受供应的影响。好消息是，这种方式让许多人得以延长生命。但是，扩张的潜力也是无限的，这表示我们不仅要关注器官可能所具备的有益用途，也务必要了解一点，即器官摘取体制有可能会变得规模很大，且日趋采取胁迫手段。

打个比方，就像世界各国对石油产品的需求是无限的。石油能源的创新带来了意想不到的经济、科技、社会收益，车辆的运用使得距离大幅缩短，夜晚有灯光，冬天有暖气。不过，钻探及耗尽这类产品，对人类而言可就不一定是件好事了。

蒂特马斯模式的第二个缺陷，在于他没有对医疗隐私权的基本标准做出解释。有关当局或许能够在它们的记录中追查到一个捐赠者，但捐赠者的资料都是封存起来，不受公众监督的。捐血者的奉献救了手术患者一命，但医院以外的人根本不可能找出捐血者的身份。血液被抹去了捐血者的身份，标记了条码，倒入密封的塑料袋里。我们买的是血液单位，不是人体的一部分。主流的医疗逻辑认为若让捐赠者与受赠者之间有了关联，有可能会损及整个体制，甚至也许会在第一时间阻止人们捐赠自身的组织。

如此一来，接受血液者不会觉得自己欠了某位捐赠者的人情，而是会笼统地感激血液捐赠体制，尤其是感谢动手术的医生。接受活体肾脏移植的患者，无论是活体捐赠或遗体捐赠，很少会知道是谁放弃了自己的一个肾脏。匿名虽是为了保护捐赠者的利益，却也会让供应链变得不透明。受赠者购买身体组织时，不用担心身体组织最初究竟是如何取得的。这样的医疗隐私是让人体部位得以变成商品的炼金术的最后一道手续。

对于任何市场，隐匿原料来源通常几乎都是个烂主意。人们说什么也不会让石油公司隐匿钻油平台的地点，也不会允许石油公司遮掩其环保政策。若钻油平台故障，导致数百万桶石油流入海洋，人们会要求石油公司负责。透明度是资本主义最基本的安全装置。

而站在一个犯罪企业家的角度来看，目前的人体组织摘取体制无疑是完美无比的，可以让他们肆无忌惮地彻底剥削。由于政策规定仅能捐赠身体组织，因此付钱买人体组织乃属违法行径，许多公司会像石油公司投资钻油平台那样，在移植器官的基础设施上投入巨额的资金，而实际的原料价格往往贴近于零。与此同时，重视隐私权的漂亮说辞，又让人无法得知人体与人体部位是经由何种途径进入市场的。匿名就意味着器官买家在购买人体部位时，可以不用担心来源，而且不会有人提出任何疑义。捐赠体系的结构把供应状况隐匿于道德伦理的帷幕后方，小心翼翼地处理掉道德伦理上的异议。匿名与捐赠是两记重拳，使得拿走利润的中间人得以掌控整个供应链，购买器官就像开支票一样容易。

在某种程度上，本书调查了目前的人体组织摘取与采购体制所产生的问题。现今的人体交易，堪称史上规模最大、范围最广、利润最高的人体市场。蒂特马斯的著作出版后的四十年里，全球化使得人体市场的发展速度和复杂程度都令人眼花缭乱起来，这不是在全盘控诉商业化，也不是在全盘拥抱商业化。我们就活在人体市场里，即使否认世上有基于人体组织的经济体制，人体市场也不会这么简单就消失不见。无论我们喜不喜欢，世上最受尊敬的一些机构确实私下或公开买卖人体，而唯一的问题就在于它们是如何进行的。

大体而言，我并未把注意力集中于人体市场里每天进行的数百万笔交易。因为假使没有移植技术、采血与领养计划，人类无疑会面临更可怕的后果。但我们无需关注人们在人体市场购买某部位之后过着快乐生活的幸福故事，因为那种故事讲的是世界对人体组织的需求。人体组织的如何使用并没有那么重要，更重要的是要了解人体组织是如何进入市场的。本书探究的是经济等式的供给面,若不了解供给面,就永远无法得知人体市场助长全球犯罪企业的速度究竟有多快。

利他主义与隐私权之间的冲突,削弱了两者原本想要保护的高尚理想。人体市场供应链里的每一个环节都在有助于把人类变成各种部位。而负责买卖人体的掮客扮演了屠夫的角色,在他们眼里,活人就是各个人体部位的集合体。

二〇〇六年至二〇〇九年间,我住在印度金奈,这座繁华的沿海大城位于印度南部,离斯里兰卡北方只有数百英里。在这之前,我已经在印度待了几年,在遍地沙漠的拉贾斯坦邦(Rajasthan)以及达兰萨拉附近的大学研究民俗和语言。我知道自己想在南亚待上更久的时间,但并不确定自己将来是否要当个新闻记者。我从威斯康星大学麦迪逊分校人类学研究所毕业后,马上就开始了短暂的专业学术生涯,在印度教美国学生一个学期。

我负责的学生有十二位,我们行遍德里、圣城瓦腊纳西(Varanasi),以及菩提伽耶(Bodhi Gaya)这个朝圣中心。但在最后一站时,我的一位学生去世了,我和另一名负责人将她的遗体送回美国她的家人那里。我有整整三天的时间都陪伴在她的遗体旁,试图延缓那无可避免的腐败过程。那次是我最接近尸体的一段经验,她的遗体冷却变色之际,人之必死的肉体本质赤裸裸地呈现在我的面前。

她的死亡尤其让我明白了一点,那就是每一具尸体都有一位利害关系人。她从人转变成物后,人们似乎纷纷露面,要求取得她肉身可利用的部分。大多数时间,我都在跟警方、保险公司、殡葬业者、家属和航空公司进行协商,讨论如何将她的遗体带回国下葬。

虽然我当时并未意识到,但是这件事开启了我对国际人体交易的认识。在某种程度上,由于发生了几起我很大程度上无法掌控的事件,才使得我不得不面对这个主题。本书的第一部分便会直接讨论这起死亡事件，部分读者可能会觉得内容令人不安，但这是无可避免的事。

当时，在我的学生去世后，我便觉得自己已经无法再继续教书了。因此，我开始在我位于金奈的据点，替《连线》（*Wired*）与《琼斯妈妈》（*Mother Jones*）这两家杂志写文章，也替几家电视频道与广播电台撰稿。我的报道内容涵盖了南亚的肾脏交易商、骨骸小偷、血液海盗、儿童绑架者所采取的经营手法。之后，我踏遍欧美各地，把最糟糕的情况记载下来。买家在购买人体部位前，必然会先有一连串的事件发生，可是在每一个案例中，买家大多不知道之前有哪些事件发生，这点实在让我诧异不已。

我认为人体市场很特殊，与一般经济体系不同，而这个想法始于我对印度人骨贩子与肾脏小偷所进行的调查，但这个概念涉及的不仅是被当作备用零件使用的人体。此外，不合时宜的利他主义与隐私权交织在一起，对丧葬业与领养产业造成了严重的影响。一谈到人体这个主题，供应链总是相同的，这真是怪异。

我开始考虑将所有研究结果汇集成书之际，发现世上的非法人体市场比我想要涵盖的还要多。美国境内有好几起太平间窃尸大案，殡仪馆会将家属托付的遗体卖给人体组织供应公司，遭亵渎的遗体跟着就被大卸八块，用于移植手术和肌腱更换，但本书并没有提及这件事；有一些巡回世界各地的博物馆展览，据闻展览的是被处决的囚犯的塑化遗体，本书也略过了这类丑闻；有一份报告表示，英国有超过十万个脑垂体遭窃，用于制造人类生长激素，本书也只有简单提及；前一阵子，有报道指出，玻利维亚的一些连环杀人犯会把受害者的脂肪卖给欧洲美容品公司，用于生产高档面霜，本书也没有提到这件事。

随着时间推移，这样的名单也跟着愈来愈长。从一九九〇年代中期至二〇〇〇年，以色列军队在交战中杀死巴勒斯坦激进分子后，便会摘取尸体的角膜。甚至在更早以前，十九世纪初，欧洲地区缩制头颅的市场日益繁荣，造成南美洲境内的部落战争四起。想要详尽涵盖每一个人体市场，实在超乎我的能力。

而我只希望本书能让读者站在新的角度来看待人体市场。若能看出这些市场之间的共同点，或许就能想出办法，解决人体组织经济体的问题。罪犯在经济世界最黑暗的角落里行事，但罪犯的存在全是因为我们的姑息所致。我碰到的那些掮客，几乎是无所顾忌，用尽一切手段取得人体组织。他们隐匿了供应链，避免他人窥探打听。而他们背后的驱动力，正是资本主义的法则：低买高卖。

在所有者之间运输组织与人体，往往有利可图，但同时中间人也开启了通往滥用的危险大门。唯一能摆脱这些滥用的方法就是让阳光照进去，让整个供应链从头到尾暴露在外。每一袋血液都要能追溯到原始捐赠者，每一个肾脏都要附注姓名，每一个代孕子宫都要能查出代孕者的身份，而每一件领养案都要公开。本书各章分别探讨了不同的人体市场，并叙述了我所能找到的最突出的、利润最高的或最令人不安的情况，以便读者大略了解世界各地的各种人体市场。

目前，透过供应链追踪人体组织来源的权力，几乎都掌握在行政机关的手中。一般而言，这类机关往往资金不足，而且几乎都会跟他们理应监督的医院和掮客相互勾结。国际交易根本无人监管。本书所涵盖的每一个市场都充分证明了这类机关的失职。我们不该盲目相信它们会稳妥地管控人体从部位转变成商业产品的流程，我更主张交易记录应该公开，让大众知道。

彻底的透明化会招致许多不同的问题，甚至有可能会减少人体的总供应量。以英国为例，有一项新方案规定捐卵者的记录必须公开，这种做法几乎终结了捐赠者提供卵子给不孕夫妻的现象。现在，英国妇女前往西班牙与塞浦路斯购买卵子。

然而，采用透明化的做法后，那些不择手段取得人体的捐客就不再有机会插手了。如果买家能够追踪到原生家庭、寄送感谢函，就再也不会有人因其肾脏而遭人杀害或绑架；如果所有的领养案都是公开的，就再也不会有儿童遭人绑架，与父母分离；血液卖家再也不会被锁在房里达数年之久，就只是为了略微提高当地的血液供应量。

现在，该是停止忽视人体交易、开始担起责任的时候了。

艾蜜莉死后一年，警长米斯拉（右）与本书作者（左）合影。米斯拉已获晋升，出门时有两辆越野车组成的护卫队随行，越野车上是一堆拿着机关枪的步兵。

第一章　人体炼金术

　　有那么短暂的一瞬间，艾蜜莉①似乎毫无重量地悬在空中，她四肢的向上冲力即将屈服于地心引力。在她登上的最高点，物理现象会决定她的命运，不过她的身体仍是属于她自己的。不一会儿，这次撞击就会立即引发一连串的事件，艾蜜莉这个人停止存在，她身体的命运将会落在别人的肩头上。不过，此时此刻，在向上与向下之间的关键点，她是永恒不变的，或许甚至可以说是美丽的。她坠落之际，把她的头发向后吹的风，力道开始强了起来。

　　她撞击在混凝土上，寺院的天井传出回声，不过，当时在凌晨三点仍清醒的少数几位学生，并没有做出反应。当晚早些时候，艾蜜莉还跟大家坐在一起，她说的话不多，接着就悄悄离开了。也没人想到艾蜜莉不在场会跟天井的撞击声有关。在印度，这类嘈杂的声响很平常，所以他们没去查看，而她的尸体就静静躺在潮湿的青色月光里。这里是三千年前佛陀的悟道之地，这些学生都觉得自己何其有幸能在此处冥想。为了向佛陀表达敬意，这座城市取名叫"菩提伽耶"，意思是"佛陀成道处"。过去十天以来，这些学生厉行禁语，在金色佛陀像的前方静坐冥想。严禁说话，令他们心烦意乱。最后，当他们终于可以再度使用自己的舌头时，便兴奋地熬夜聊天，像是夏令营最后一天的孩子们。

　　艾蜜莉死时，离她不过十英尺远的我已经熟睡了一小时，我睡在白色蚊帐里，安然梦见回到家乡妻子那里。接着，某个人推了我的肩膀，我睁开眼睛,看见一位蓄胡子的学生,是个纽约人。他惊慌失措地说:"艾蜜莉躺在地上,她没呼吸了。"我凭直觉做出反应,马上起身,穿上蓝色牛仔裤和褪色的衬衫,冲到天井。

史蒂芬妮——本课程的另一位负责人——把艾蜜莉的尸体滚到橙色的露营用睡垫上。艾蜜莉的右眼淤青,血液濡湿了她的头发。因为惊吓过度,史蒂芬妮连我出现了也没顾得上招呼,她正摸黑努力想要让艾蜜莉起死回生。她正把手放在艾蜜莉的红色亚麻衬衫上进行胸部按压急救。医疗用品袋里的东西散落在露水打湿的草地上,到处是凌乱的注射器和绷带。史蒂芬妮每按一次艾蜜莉的胸骨,艾蜜莉嘴里的血就随之溢出。史蒂芬妮见此情景,嘴唇向上噘,表情扭曲。艾蜜莉仍旧没有脉搏。

此时,寺院里的每一个人都赶了过来,聚集在现场。某位棕色长发、带有澳洲腔的女人,一见血就随即昏倒。与此同时我打了电话给人在美国的课程创办人,告知坏消息。

挂断电话后,我写着笔记,打算打电话给艾蜜莉的家人,此时三名学生把她抬进生锈的救护车。那是寺院的救护车,用来给乡民提供医疗服务,今晚却用来载送她的尸体,穿越干燥的农田和熙熙攘攘的军事营地,驶向唯一的一家医院。二〇〇六年三月十二日凌晨四点二十六分,艾蜜莉抵达了伽耶医学院(Gaya medical college),到院时已经死亡。

上午十点二十六分,我有如老了一岁。她遗留在房外阳台上的日记,写满了比喻性的文字,让我怀疑她是自杀的。十天的静心冥想,加上造访半个地球外的国家所带来的文化冲击,显然并不适合她。不过,跟接下来所要面对的艰难任务相比,她的死因就显得无足轻重了。她家位于八千五百英里外的新奥尔良,返家的头几段路程就是要穿越印度乡

---

① 在此处以及本书的许多其他章节,人名已做更改,以保护消息来源或线人,以免遭遇不测。

间干燥不毛的荒原。前一天晚上,圣城瓦腊纳西的铁路枢纽附近恰巧发生火车意外,通往伽耶的铁路中断,而当地机场也似乎没兴趣帮忙安排载运尸体。

红色的太阳从地平线上升起之际,两名警察出现了。他们穿着绿色卡其制服,髋部佩有半自动手枪,蓄着翘八字胡。他们已经在医院看过尸体了,现在是过来问话的。

"她有仇家吗?有没有人嫉妒她?"警长米斯拉问道。他超过六英尺高,高大的体型引人注目,肩章上有两颗银星。他怀疑是谋杀。

"就我所知,没有。"我回答。他那怀疑的语气让我全身僵硬。

"她的伤……"他停了一下,不确定自己的英文用词是否正确,"范围很大。"

我带他去看她坠楼的地点,那里有一堆医疗用品,还有急救用品的残余碎片,那些是我们努力救她未果后剩下的。他在笔记本上写了一些东西,没有再继续提问,反倒请我去医院,他要我做一件事。

数分钟内,我坐上了警用越野车的后座,同行的还有米斯拉和三位年轻警卫。那些警卫不超过十九岁,泰然自若地握着二战时代的冲锋枪。我们在路上颠簸行进之际,一支银色枪管的老旧冲锋枪就指着我的肚子,我担心那把枪随时有可能会走火,但是我什么话也没说。

坐在副驾驶座的米斯拉转过身来,露出微笑。他似乎很高兴能帮助美国人,这件新鲜事打破了他那平淡无奇的警察工作。他问:"美国的警察是怎么工作的?跟电视上一样吗?"

我耸耸肩,我真的不知道。

我看见另一辆越野车在对向车道高速飞驰。隔着满是尘土的挡风玻璃,我看到了一位棕发的白种女性身影,是史蒂芬妮。当两辆越野车擦身而过时,我和史蒂芬妮对望一眼,她看起来很累。

数分钟后,我们抵达了人潮拥挤且道路坑坑洞洞的伽耶市区。虽然伽耶是比哈尔邦（Bihar）的大城，但是"开发"二字仍是遥远的梦境。尽管中央政府已经尽了最大的努力，封建制度却仍是此地的治理原则。当今管控此城者，乃是大君时代治理此地的后裔。布满黑泥的大猪在街上漫步，在垃圾里嗅闻翻找食物，还发出呼噜声，要行人别挡它们的路。有的大猪还在肉店旁边等人喂食。我们快速驶过时，屠夫把剥了皮的羊头切成两半，把不要的碎片丢给店外的猪吃。一头猪吸起一条丢出的肠子，像在吸一根意大利面。

越野车转了三个弯之后，进入伽耶医学院区，停在一栋混凝土建筑物的前方。遮阳篷上漆了亮红色的粗体字："CASUALTY（急诊）"。在印度医疗机构的分类里，这家医学院连个增补都称不上，这个脱离常轨之处，只能吸引印度最平庸的人才。伽耶医学院兴建于殖民时期，当时是由戴着遮阳帽、身上满是晒斑的英国官僚治理这片土地。如今，伽耶医学院却连一丁点儿帝国建筑的风格都荡然无存了，校区点缀了几栋形状矮宽的混凝土建筑物，以拮据的政府预算兴建而成。印度大部分地区都已经乘上信息技术的火箭突飞猛进，但比哈尔邦仍坐在发射台旁的大看台上。

我跳出车外，米斯拉带我进入病房。一名穿南丁格尔白色制服、戴帽子的护士向我投以麻木的眼神，她对悲剧已经习以为常。她的对面是混凝土制成的尸体放置台，上面就是艾蜜莉的尸体，艾蜜莉已在破旧的毛毯底下冷却。晚上，护士拿来几片薄纸板做隔挡，挡住好奇的眼光。瑞克——在寺院诊所担任义工的美国人——从入夜后就一直守在她的尸体旁边。

米斯拉把那块避免艾蜜莉受苍蝇侵扰的裹尸布拉开，她那饱受重创的遗体露了出来。撞击地面后几小时，她身体温度下降了十几度，降温后，她的伤口更为明显了。她眼睛下方的皮肤有深色的血渍，脖子根部鼓胀，看起来像是在坠落时弄断的。她手臂上的痕迹在史蒂芬妮施行心肺复苏术时是隐而不显的，现在却清晰得有如军队的迷彩。

医院的"急诊部"

米斯拉要我跟他说，我看到了哪些东西，他好把她的私人物品登记在警方档案里。警方合法羁留她的尸体，要是有东西不见了，米斯拉就要负责。她穿着亚麻衬衫和在德里观光市场买的长裙，右手腕则戴着一串木珠手链。

"什么颜色？"他问，而且再度注意自己的英文是否正确。

"衬衫是 lal，红色的。裙子是 neela，蓝色的。"我说。他用圆珠笔在本子上写了写。伤口跟服装上的痕迹符合。

就算他当时正想着这两种颜色是很怪异的搭配，也没能想多久。他的思绪被轮胎压到碎石子的声音打断了，有人来了。

屋外，新闻记者已经停好了两辆小型 Maruti Omni 厢型车，他们像马戏团小丑那样从车内涌到停车场，一堆的人、音响器材、B级手提摄像机。记者的存在，有如这所医学院，证明了边缘化的现象。在印度的其他地方，新闻频道相互争抢报道独家新闻；不过，在这里，新闻报道有如团队活动，以今天的新闻报道为例，他们还一起搭车前来。十六个人尴尬地站在空荡荡的厢型车旁边，两位制作人根据摄像机和麦克风上的单色标志分配设备。

米斯拉走了出去，阻挡他们前进，或者是在跟老友打招呼也说不定。我站在病房里，几乎听不到他们提高嗓门的声音，但是我知道接下来会发生什么事情。我透过铁门偷看外头，想要看到制片人把藏在掌心的黄色卢比纸钞塞到警长米斯拉手里。但我没看见交易过程，不过我知道，只剩下几秒钟的时间准备，他们要过来采访了。

我把医院床单拉回去，盖住她的脸孔，然后走到病房的前头。相机闪光灯闪了六次之多，我一时之间什么也看不见。摄制小组把热烫的黄色灯光打在我的额头上。接着，新闻记者把一堆麦克风放在我的面前，对我发射出一连串的问题。

"她是怎么死的？"

"她是被杀的吗?"

"是自杀吗?"

然后,来了个回马枪:"你是谁?"

这些问题都很合理,但我不予回应。过去六小时以来,我的美国老板一直在尝试联系艾蜜莉的父母,我还不知道他们是不是已经听到消息了。也有可能在还没联络上他们以前,美国新闻频道就已经抢先报道了。

现在,艾蜜莉这个人已经消失了,取而代之的是她的尸体所代表着的问题。我们努力拯救她的生命时所存在的迫切感已经过去了,现在留下的是死亡所带来的一连串必然。她留下的肉身脆弱、易腐,而且不知怎的,许多人开始关注起她的遗体来。

"无可奉告。"我一面说着,一面眯眼望向摄像机无情刺眼的灯光。问题还在不断涌来,不过记者们的声音渐渐没那么急迫了。某位摄像师的眼睛闪烁了一下,他们想要找角度拍她的尸体。我举起手臂挡住他的镜头,但是穿着红色 Polo 衫的男人抓住我的手臂,准备将我推开。我拉着他,但失败了,他一放手,我的身体转了向。一瞬间,他们已经经过我的身边,把盖住她脸庞的裹尸布拉了开来。

在刺眼的灯光下,她眼睛下方的血液变成暗紫色。那道伤口穿过颅骨裂缝,进入脑袋里。在印度的电视上,死亡这个重要角色仅次于珠光宝气的宝莱坞名人。覆盖住的尸体与脚趾标签的高雅画面是用在美国报纸上的,然而在印度的新闻里,会先以无休止的个人悲剧蒙太奇手法,拍摄荒谬丑陋的情景,随后拍摄死者的脸孔,头舌下垂的骇人画面。印度的死者可不会害怕上镜头。如果我的责任就是保护艾蜜莉,那么我的任务失败了。

今晚,印度各地电视会播出最新的新闻快报:

人体交易

美国学生死于菩提伽耶禅修中心。
警方怀疑是他杀或自杀。

在印度,不是每天都有美国人死亡。今天,她成为尸体后的名气会比她活着时大。在这一则新闻被下一则新闻取代以前,全国的注意力都会放在这个地点上。十亿人都有机会目睹她那张失去生气的脸庞。

我努力挤回摄像机前,但是记者们已经开始走人,他们已经得到需要的东西了。

警长米斯拉用左手平衡着一根沉重的手杖,他脸上的表情有如万花筒,同时表达出"你的五百卢比很有用吧"和"我不知道这些家伙是怎么绕过我的"。不过,这对记者而言已经不重要了,他们开始鱼贯而出,进入等在那里的厢型车。司机发动引擎,他们冲往禅修中心,去偷看事故现场。

一分钟前,病房里还像马戏团似的,现在却有如坟墓般安静。我没别的事可做,只能继续守夜。米斯拉向我微笑,耸了耸肩,然后回到外头的岗位上。我再度一个人陪在艾蜜莉的遗体旁,新的现实来到眼前,我的学生惨死在印度的偏远地区,现在我必须负责将她的遗体送回美国。她死后六小时,她遗留下的躯壳与包装不佳的厚肉块之间,所差甚微。气温有可能在正午达到华氏一百度,要阻止肉身的腐败过程,所剩时间不多。

我到医院的柜台,身穿南丁格尔制服的护士说,医院没有冷冻设备。此外,我必须等到政府规定的解剖验尸过程完毕后,才能取回她的尸体。护士建议我坐在尸体旁边等医生来。

我等了又等。

终于,有一辆小救护车停在病房外,车的品牌和型号跟记者用的那辆厢型车是同一款。这两种车唯一的差别在于救护车拆除了后座,以便放入轮床。两个男人出现了，他们穿着领尖扣在衬衫上的皱巴巴的商务衬衫，还有破旧宽松的长裤，说是要把尸体送去解剖。

他们粗手粗脚地把她放入救护车后面，发出砰的一声闷响，接着在土路上开了半英里。我跟尸体一起坐在车子后面，车子迅速穿越医学院区，最后终于停在一栋又小又破旧的政府建筑物外头，铝制屋顶上面还有几个大洞。门上的牌子以印地语写着"解剖教室"。解剖教室看来像是已经十年没人在这里上过课似的。几处高起的平台上设有几排座位，想必是为了让学生更能看清楚解剖的尸体。中间几排的一些椅子颠倒着放，整个空间都布满了灰尘和鸽粪。教室的前面是黑板，还有一张冰冷巨大的黑曜石桌。他们把艾蜜莉的尸体放在石桌上，用挂锁锁住门。

"医生很快就会来了。"他们说完就退到角落后面，抽小根的手卷烟。我注意到建筑物外有遭弃置的衣物和好几大丛的头发，显然是先前解剖留下的。

他们抽完烟后，其中一人带我去附近的一栋建筑物，这栋建筑物比解剖教室大多了。他们说，医学院院长在这里等着要见我。我到的时候，达斯医生正对着一大堆文件烦躁地扭着双手，他那一小片乌黑的遮秃假发略略戴歪了。

达斯医生身兼二职，不但要处理医学院的日常事务，还要为警方解剖尸体。有课时，他教授医学院新生有关法医分析的全部细节，这也表示要在数十具送到他的太平间来且无人认领的尸体上重现伤口是如何形成的。这是很受欢迎的一堂课，所以这里才会有四个陈列柜，里头装满致命毒药与潜在的杀人武器，比方说，剑、匕首、弯刀、螺丝刀、钉了钉子的板球拍等。陈列柜最底下的架子摆了一叠犯罪现场照片，呈现的是尸体处于不同腐烂阶段的情况。我们谈话时，他不时凝视窗户上挂着的医用骨骸。

"这件案例很特殊，"他开口道，"死在这里的外国人并不多，所以我们的处理方式必须十分谨慎,有很多人在看着。"

身为学生的艾蜜莉,只不过是穿着印度服装踏上心灵之旅、追寻圣地的少数美国年轻女性之一。现在她死了,成了一起迅速蹿升的国际事件,警方的官僚体系、大使馆的走廊、承担白花花的数万美元将遗体遣送回国的保险公司,都在关注这起案件。

而我心知肚明,一切就取决于达斯医生的死亡报告。如果他认为尸体上的伤口可能是他杀所致,官方规定尸体必须交由警察看管,直到调查完毕为止。然而,这所医学院没有设施保存尸体多日,把她留在这里的话,尸体会严重腐坏,届时航空公司将会拒绝将尸体空运回美国。

另一方面,如果他认为死因是自杀,警方就会快速结案。然而,他解释道,她的家人——现在肯定知道她死了——信奉天主教,不会接受她自杀一事,因为天主教认为自杀者的灵魂会永受地狱之火灼烧。事实上,他们可能会要求额外调查,证明另有死因。

他缓缓摇了摇头。

"你看看,真是两难,"他忧虑地说,"要是她根本没死的话,事情就容易多了。"

活生生的肉体与无生命的尸体之间,有一条细到无法察觉的界线。死亡的问题就在于,一旦跨越了那条线,所有应对人体的方法规则也随之改变。达斯医生叹了口气,望向房间另一端的助手,对方正拿着两个空的宽口玻璃罐。

"也许我们该开始了。"他把手掌放在办公桌上,费力撑起身体。随即抓着一只黑色的药袋离开办公室,进入走廊,独留我一人面对几个装满医疗教学用品的陈列柜。

我没跟他走,反而望着那个末端钉了一根生锈铁钉的板球拍,它就挂在可怖的书柜里。铁钉的尖端弯了,一圈干硬的血迹轻轻垂在木头上。一想到达斯医生用板球拍打在无人认领的尸体上,重现伤口的模样,我就不禁全身颤抖起来。接着,仿佛在我已经忘记手机的存在时,口袋里的手机开始震动了起来。

在线路的另一端,半个地球之外,穿越一个海洋的嗡嗡声和噼啪声而来的是人在纽约的负责人的声音:"斯科特吗?要请你帮一个忙。"

两天后,橙色的太阳从恒河平原表面懒洋洋地浮起,缓缓上升,跃上天空。时间还早,但我没睡,筋疲力尽,眼睛布满血丝。过去两天,我在城里搜寻可靠的冰块来源,好让艾蜜莉的尸体保持冷却。最后在寺院的帮助之下,我将数百磅冰块倒入她的棺材里。棺材是我们在木工场做的。在倒冰块的时候,我尽量避免去看她的尸体。我们又一起把尸体移动了两次:先是从验尸室移到寺院,然后再移到一间小型的太平间里,在这整件事的一开始,院方的行政人员竟然绝口未提其实医院里有小型的太平间。

美国的法医专家不相信印度的法医,所以在纽约的老板要我替艾蜜莉的尸体拍照,送回美国进行独立分析。我握着从学生那里借来的数码相机。虽然她已经在这里解剖,但是解剖结果永远无法确定。老板跟我说,要是没照相,她的家人可能会提出异议,尸体可能永远无法离开印度。

一辆警方越野车抵达我的旅馆,载我去医学院。我坐在一名警察旁边,他佩着冲锋枪,脑袋向后倾,人半梦半醒,眼睛忽开忽阖,似乎没注意到枪管又再度指着我的腹部。我不由得心想,又经历了同一个画面。半小时后,我们抵达验尸室,那个警察还在睡觉。验尸室用挂锁锁住,一名头发灰白的助手翻弄着钥匙,他的手指似乎无法控制地一直颤抖。他暗示我,只要有一百卢比,他的手就不会再抖了。

我努力绷紧神经,料到自己会心生排斥感。一想到要目睹她被解剖后的遗体,直叫我恐惧不已。尸体是一回事,目睹外科医生处理过的尸体又是另一回事。我不禁想，他们拿出的东西会不会不只是她的器官而已，会不会有更重要的东西不见了。我的胃不禁翻腾起来。

一分钟后，我进入验尸室，盯着被摆在金属轮床上的她。

医生们已经用粗陋的工具把她从上到下切割成两半，从脖根一路切到骨盆。他们锯开肋骨，检查心脏。为了查看脑部情况，还横向锯开额头和颅骨。他们剥开她脸部的皮肤，额头盖住眼睛，头皮往后拉。不出所料，他们看见颅骨内部积血。血液压迫脑部，足以致死。

不过，外科医生并未就此停止。他们切了几片肝脏、大脑、心脏、肾脏，以便排除下毒的可能。为判定她是否遭到过强暴，他们还取出了部分的阴道、子宫颈和输卵管。他们把所有的器官集中放在三个宽口的大玻璃罐里，罐子上标示着"内脏"。然后，快递员把这些玻璃罐送到三百公里外的实验室。最后，他们再把她缝合起来，缝线既宽又不雅。

调查结果就跟解剖过程一样残酷。验尸报告列出的正式死因是："头部外伤致休克出血，伤口看似从高处落下所致"。

我的感觉跟之前预期的不一样。有一种不同的——或许是更恼人的——情绪从我的胃部蹿起，我的脸颊发烫。

我觉得很尴尬。

她的伤口并不会让我感到不安，我对伤口所做的心理准备比我自以为的还要周全。令我痛惜不已的反而是她的裸露。

艾蜜莉在世时，是个二十一岁的美丽女人，正处于人生的黄金期。她优雅健美的身材和仪态，足以让其他女孩子羡慕不已，而她本人却浑然未觉。她做瑜伽已有多年，身体处于生理健康的高峰，肌肉健美，皮肤完美无瑕。我所知道的艾蜜莉个性坚强，是个对周遭一切处之泰然的人。

不过，在这里的她，裸着身体，已然死去。我现在所了解的艾蜜莉，比我想要了解的还要多。当她从机械装置里滑出来的时候，助手和我共同目睹了她私密的部分，那些原本是她的爱人才能享有的视角。空气中几乎可以感觉到她的内脏与某种防腐剂混合起来的味道；对她的腿、臀、乳房、胃的侵犯，似乎应该禁止才对。可是，死者没有秘密。艾蜜莉一停止了呼吸，就失去了隐私。她跨越到另一个世界，在那里，支配她的法律和习俗跟一周前的不同。在这个世界里，她的双亲需要自己女儿的裸体照片。在这里，一群男人对着她的内里研究、辨识、思索，而她丝毫不退缩。无论我们愿不愿意承认，我们人生中最亲密的关系就是我们与自身肉体的关系。死亡所带来的最后耻辱就是失去对自己肉体的控制。

躺在台子上的她的身体躯壳，跟她出生且伴之成长的身体比起来，少了一些东西。伤口让她的体形受损，不过，医学院的病理学医生摘取器官所造成的破坏还要更大，她被切割，内里的一部分被送到该国另一端。这具尸体正是我们即将要诉说的故事，正是她的双亲哭泣的原因。但是，要把这剩余的她称作"艾蜜莉"，或者甚至是"艾蜜莉的尸体"，等于是在说谎。无论这要称作什么，都是残缺不全的，而且再也无法回复到完整的状态。

我们让死者经历了奇异的蜕变。此处，在这个台子上，她的皮肤是个皮囊，重要的内容都已经取出，利落的缝线缝住了她空洞的体腔。死了的她是一个物件，有待切分打包后送给要用某部分谋利的人，比方说，将她的影像贩卖给网络的记者，负责解剖的医师，想要拿回全尸的双亲。现在，我也成了链子上的一环，我是死者的搜集人和故事的讲述者。无论过去的艾蜜莉是谁，现在都已经消失了，留下的只不过是她的零件。每一个人的故事结尾都是一样的，无人能成为例外。

我检查了测光表，调好了相机，准备拍照。我对着她的身体直按快门，快速连拍。我把她身体的每一寸都拍了下来，从她的脚趾一直拍到额头深长的伤口。再过不到一小时,她就会在前往德里的飞机上,接着,再从德里飞往路易斯安那,最后她将穿着双亲特地为她买的浅蓝色纱丽,入土为安。一位助手进来,抬起她的尸体放入一辆正在等待的厢型车里。但我知道,有一部分的我将永远无法离开这个房间。

二〇〇六年三月，艾蜜莉死于菩提伽耶禅修中心，唯一能保存尸体的方法就是让她的棺材里都装满冰块，接着，用飞机将尸体送往德里。这张照片是在飞机抵达德里时所拍摄的。

第二章　人骨工厂

一名穿着汗渍斑斑的汗衫和格子花纹蓝色纱笼的警官，猛地打开了破旧的印度产 Tata Sumo 休旅车的后门——在印度西孟加拉邦的乡间派出所，这辆破车已经算得上是证物柜了。门一开，一百颗人类颅骨纷纷滚落到一块盖住小片泥地的破布上，它们摔在地上时发出空洞沉闷的撞击声。这些颅骨因为在休旅车后座四处弹来跳去，所以多数的牙齿都已经脱落不见，骨头和牙齿珐琅质所构成的碎片，在日益增加的头骨堆周围有如雪花般洒满四处。

站在车旁的警官露出微笑，双手交握在大肚腩上，发出一声满意的鼻息声，然后说："这里的人骨生意有多大，现在你可亲眼看见了吧。"我蹲了下来，捡起一颗颅骨，比我想象得还要轻。我把它凑到鼻子前，闻起来像炸鸡的味道。

在当局出手拦截之前，这些私藏的颅骨正在根基稳固的人体遗骸流通渠道里输送着。一百五十年来，印度的人骨贸易途径向来就是从偏远的印度村庄去往世上最著名的医学院。这贸易网络所伸出的诸多触手，遍及了整个印度，还伸进了邻国。我曾在不丹国界上目睹过类似的私藏物，但那些人骨要送往的市场并非医学界；而眼前这些头骨才是真正精心制备的医学标本。

要获得骨骼标本，绝非易事。以美国为例，多数的尸体都是立即下葬或火化，为科学用途而捐出的尸体往往不是沦落到解剖台，就是骨头

警方在某条河沿岸没收了这些私藏的人骨，现在这些人骨放在印度西孟加拉邦普巴瑟里（Purbasthali）一个破旧的证物柜里。一群人骨交易商从墓地偷取这些人骨，打算卖给美国的解剖用品供应公司。一九八五年，印度议会将人骨贸易列为犯罪行为，但还是有人靠人体遗骸赚钱。此次扣押的颅骨超过一百颗，在美国市场上的价值超过七万美元。

被锯子大卸八块，有时还会被搜刮到更有利润的医疗移植行业。因此，用于医学研究的完整骨骼大多来自海外，往往没有经过原主人生前的知情同意，就送去目的地，此外，还违反了来源国的法律。

将近两百年来，印度一直是全球医学研究用人骨的主要来源国，印度将标本洗到洁白光亮并装上高质量的连结零件的制作技术，更是世界闻名。不过，当一九八五年印度政府宣布人体遗骸的出口属于非法行为后，全球遗骸供应链就此瓦解。西方国家转向中国和东欧，但这两个地区出口的骨骸数量相当少，在制作用于展示的标本方面经验也不多，产品往往是次级品。

如今，印度禁止遗骸出口已有二十多年，但仍有明显的迹象显示，遗骸贸易未曾停歇。西孟加拉邦的人肉市场上，贩子仍持续供应人类骨架与颅骨，他们使用的是历史悠久的老方法——盗墓，把柔软的人肉从坚硬的骨头上剔除，然后把骨头送到分销商那里，由分销商负责装配，送往全球各地的交易商那里。

虽然出口至北美洲的骨骼数量比颁布禁令前要少，但这只不过是代表了获取的代价变高了而已，并非不可能获得。供应商眼前的诱因很大，这可是一门获利丰厚的大生意啊。比方说，我前方地面上的那堆颅骨，在海外预计可卖到七万美元之多。

那名警官抓住破布的几个角，把证据捆成一包，开口说：“你知道吗？我打从出生以来就没见过这种事，希望以后别再看到了。”

一天后，孟加拉湾上空形成巨大的低压系统，带来的洪水即将淹没印度东北部的西孟加拉邦。在这场暴风雨登陆以前，已有八人溺死在洪水里，因此报纸把它取名为"洪水启示录"。我正驱车前往普巴瑟里小镇，它位于加尔各答城外约八十英里处。加尔各答是西孟加拉邦首府，二〇〇一年其名称从 Calcutta 改为 Kolkata。警方就是在普巴瑟里发现了加工厂，找到了一堆颅骨。我租的丰田 Qualis 开到距离加工厂还有半英里处，卡在泥泞里动弹不得，我只好跳出车外，改为步行。天空漆黑，雨水凶猛得令人窒息，大如拳击手套的蟾蜍跳跃着穿过泥泞的小径。

二〇〇七年，警察第一次抵达此处调查时，据说在将近一英里外就能闻到腐烂尸体的恶臭味。有一位警察告诉我，好几条脊椎用麻绳绑着，挂在支撑屋顶的椽子上。数以百计的骨头按照某种排列方法散置在地板上。

这间人骨工厂已经运营了一百多年，后来因为有两名工人在酒吧买醉，吹嘘自己受雇把尸体挖出坟墓而曝光。当时听到这话的村民吓坏了，把他们拖到警察局，他们就一五一十全招了。工人说，有一个叫慕堤·毕斯瓦兹（Mukti Biswas）的男人负责经营工厂。当局知道这个人的底细。毕斯瓦兹在二〇〇六年时曾因身为盗墓集团首脑而遭警方逮捕，但一天后就获释，新闻报道说："因为他有政界方面的关系。"这一回警方再度羁押他，不过，沿袭前例，他被保了出来，之后就消失无踪了。

我在泥泞里奋力前进十分钟后，终于看到了煤气灯的摇曳火光。我偷偷看着木结构房屋的门口，一家四口坐在泥土地面上，回望着我。

"你认不认识慕堤·毕斯瓦兹？"我问。

"那混账还欠我钱没还呢。"马诺·帕尔回答。他二十来岁，蓄着薄薄的胡子。他说，他的家族已在人骨工厂里工作了数代，毕斯瓦兹拥有工厂多久，他们就在那里工作了多久。他主动带我参观，我们沿着巴吉拉蒂河岸（Bhagirathi River）出发。

加工厂比竹棚略大些，屋顶铺着防水帆布。帕尔说，他知道的人骨工厂就有十几间，这只是其中一间。四月时，当局没收了数堆骨头和几桶盐酸，以及两大桶有待查明的腐蚀性化学物质。因此，现在工厂里只剩下泥土地面，以及一个陷在地里的混凝土大缸。

毕斯瓦兹是第三代人骨贩子，对他而言，寻找尸体并非难事。因为他是村里火葬场的管理员，声称有处理死者遗体的许可证。不过，警察跟记者说，他其实是在盗墓。他从公墓、太平间、火葬用的木柴堆里偷窃尸体，死者家属前脚才离开，他后脚就从火里拖出死者。他雇用了将近十二人来指导这些骨头的从去肉到保存的各个阶段的工作。帕尔说，他干这个活，每天可赚一点二五美元。如果他能让尸体的骨头保持原样不散开，使得人骨是一整具生物个体，而不是混成一堆的部位（这是医生极为重视的一点），那么他就能获得一笔奖金。

帕尔道出了工厂的生产工序。首先，尸体用网子包裹，固定在河里。经过约一周的时间后，河里的细菌和鱼会让尸体变成一堆堆零散的骨头和糊状物。然后，工作人员刷洗骨头，再放入装了水和氢氧化钠的大锅里煮，溶解剩余的人肉。这个过程会让骨头的钙质表面染上一层黄色，为了让人骨的颜色变成医用的白色，他们会把人骨放在阳光下曝晒一周，然后再浸泡在盐酸里。

毕斯瓦兹的顾客遍及加尔各答。许多骨架最后会抵达加尔各答医学院解剖学系可怕的病房里，在那里，当地的多姆人[1]会付现金给他。当地每年有数百位医学生毕业，而人骨就是医学生不可或缺的教学材料。此外，他还将完整的人骨以四十五美元的批发价卖给扬氏兄弟（Young Brothers）这家医疗用品公司，该公司用金属丝将人骨连结起来，绘制医学图表，然后锯开部分的颅骨，露出内部结构。接着，再把处理好的人骨卖给世界各地的交易商。[2]

---

[1] Dom，印度种姓制度中，负责看守墓园的阶层。——译者
[2] 印度的法律有双重标准，法律准许当地医学生研究盗墓得来的人骨，但是把人骨卖给外国人却是违法行为。这是因为禁止人骨生意的法律基本上属于交易法，并非刑法。应该一律禁止人骨交易才比较合理。

我拿手电筒往地板上照射，然后捡起一块潮湿的破布。翻译低沉地发出嘶的一声，说："我希望你知道，那是裹尸布。"我立刻放下破布，在自己的衬衫上擦了擦手。

之后我从当地记者手上拿到一个手机号码，通过这个号码我开始追踪毕斯瓦兹的下落，花了一周半的时间才终于搭上了线。他在不时发出噼啪声的电话线路上说，当地警方决定不起诉，但他要被驱逐出境，如果我想要跟他会面的话，就必须经过警方同意，而且最好有当地警长在场。不然的话，警方可能会收回他们的宽大处理。

我在普巴瑟里警察哨所里等他现身，雨水咚咚地打在黏土屋瓦上，承办此事的警员不断替我添茶。我望向窗外就能看见几个金属大桶，里头装有人骨工厂处理骨骼所使用的化学物质。终于，一辆英国殖民时期的大使牌（Ambassador）房车用一对车头灯的光束划破黑夜，一位胖乎乎的二十多岁的年轻人打开车门，冲进哨所大门。那不是毕斯瓦兹，他决定继续藏身不见人，改派儿子过来。

"这不是秘密啊，从我有记忆以来，这一直是我们的家族事业。"他代父亲辩护道。他解释说，总得有人经营河边的火葬场①，不然就没别的方法可以处理遗体了。

那么盗墓的事情呢？他回答："那件事我不清楚。"

不过，要找到受害者，并非难事。

穆罕默德·穆拉·巴克斯年约七十，身形憔悴，他是哈尔巴提村一座小墓园里的守墓人。每回有遗体失踪时，悲痛的家属就会先来问他。今天，他没有答案可给，也没有尸体可给。他坐在一座空坟的边缘，一颗泪珠从周围布满皱纹的眼眶里流了出来，滚落到脸颊上。

---

① 印度的习俗是在河边火葬。——译者

数周前,几个盗墓人潜入墓园,他邻居的遗体才下葬不久就被挖走。现在,那位邻居的骨骸可能挂在加尔各答的某间仓库里,准备送到西方世界的交易商手里。

我问巴克斯,他会不会怕自己死后遗体被挖走。

"当然怕。"他说。

自十五世纪达芬奇绘制了人体素描画后,人体解剖学的实证研究开始起飞,目前所知最早的整副人骨标本可追溯至一五四三年。随着医学的进步,大家期望医生对人体内的运作方式有系统化的认识,而到了十九世纪初,欧洲对人类遗体的需求量更是远超过供应量。

英国坐拥世界上许多卓越的医疗机构,这也使得盗墓事件变得很普遍,以至于大家都知道在某些墓园里,悲伤的家属和打劫的医学生之间上演着争夺遗体的戏码。不过,美国的情况可能更严峻,医疗产业的扩张速度比人口增长速度还要快。一七六〇年,全美的医学院只有五家,但一百年之后,总数却激增到六十五家。早期的美国人受各种疾病之苦,因而让医疗机构的生意兴隆了起来。这个发财良机的出现意味着成为医生就有可能实现美国梦。开设诊所并无阶级之分,只要接受扎实的教育,坚定地努力工作,就能成为医生。

十九世纪的整个第一个十年,医学院的新生都热切地想弄脏自己的双手,可是尸体——研究用的原料——却很稀少。历史学家迈克·萨波(Michael Sappol)以十九世纪盗墓人为主题的伟大巨著《尸体交易》(*A Traffic in Dead Bodies*)就曾提及,解剖室就是医生们培养革命情感的地方,他们在那里把自己锻炼成专业的医疗人员。在实验室里他们把盗来的尸体分解成一个个人体部位,借以学习并结成信赖关系。那些刚崭露头角的医生很爱开黑色玩笑,以残忍的事为乐。有无数的报告指出,一些医生在医学院的窗户旁用尸体摆出夸张的造型,挥动着切下的四肢,害得外头的行人抓狂,不知如何是好。

盗尸本身有如一种成年礼。一八五一年,《波士顿医学和外科杂志》(*Boston Medical & Surgical Journal*) 就花了二十一页——将近整本的篇幅——报道了查尔斯·诺顿(Charles Knowlton)医生的职业经历。在这本期刊中,作者赞许台面下的交易,写道:"对他们而言,用解剖刀费力研究人体构造所获得的益处良多,因此相较之下,挖掘尸体的风险就小到不值一提了。他们渴望获得知识,有如醉汉渴望酒般炽烈焦急。就是他们的这般精神,才让医学得以进步。"[1]

不过,社会大众仍普遍不能接受盗墓,因此医生遵守基本规则,尽量把不满的情绪控制到最低。除了极罕见的情况外,通常不会去上层阶级的墓园或主要为白人死者的墓园里盗取尸体。他们尽可能解剖黑人的或若干爱尔兰人的尸体,亦即美国社会地位最低、收入最少的阶层的尸体。由于美国与欧洲丧葬传统有了变化,死亡变成了需要高度安全防卫的事件,因此在某种程度上,这是为了因应变化而采取的务实做法。劫夺尸体的事件层出不穷,因此富人的墓园有人看守,筑起难以翻越的墙,挖的墓穴深度也比穷人墓更深。殡仪馆售卖沉重的混凝土墓石,可放置在棺材上方,防止盗墓。有的殡仪馆甚至提供防盗尸的警铃,盗墓人的铲子一敲到穹形墓穴,便会铃声大作。

然而,有关当局却宁愿选择忽略医学界犯下的盗墓罪行,认为那是必要之恶。医生要让活人健康的话,就需要死人尸体。逮捕的情形少之又少,而且只会逮捕那些来自较低阶层且为了牟利的盗墓人,至于雇用盗墓人的医学院或没付钱就挖出尸体的医学生则不会受到波及。

由于当局不愿意问责掠夺尸体的医生,因此,怒气冲冲的大众转而

---

[1] Michael Sappol, "The Odd Case of Charles Knowlton: Anatomical Performance, Medical Narrative, and Identity in Antebellum America," *Bulletin of the History of Medicine* 83, no. 3 (2009): 467.

开始动用私刑。一七六五年至一八八四年间，全美各地有二十件因解剖尸体而起的暴动。虽然各暴动事件的根本缘由略有不同，但大多是因为盗墓人被当场捉获，或者有访客刚好看见认识的人就躺在解剖台上，才使得大众自动发起了抗议行动。

那个时期的暴动似乎为《科学怪人》的高潮戏带来了灵感。群众往往在墓园集结，他们亲眼看见了空荡荡的坟墓，接着行进到医学院，丢掷石头，挥舞火把。他们的目标就是要摧毁令人厌恶的解剖实验室，但是这种做法依旧无法有效地禁绝医学院的做法。在好几起案例中，唯一能够平息暴动的方法就是请求该州的民兵前来，向暴民开火，结局是又免不了让墓园里平添了几具新的尸体。在某种程度上，暴动只是做这门生意的代价之一。

因盗尸而生的怒火通常短暂易灭，在破坏财物后就燃烧殆尽。要激起政府真正改革，光靠一群群愤怒的暴民是不够的。事情一直要等到苏格兰的两位爱尔兰移民构思出供应无数人体给爱丁堡大学的计划才有了转变。

故事主角威廉·海尔（William Hare）在西港市（West Port）拥有一间破旧的宿舍，偶尔会有没付租金的租户死在里面，因此他只好自行清理干净。有一次，在他把某个破产又刚死的租户尸体运到墓园的途中，一位医生拦住了他，说要出十英镑买那具尸体，还说要是海尔能弄到其他的尸体，自己愿意出同样的价钱买下。不久后，海尔就跟另一名租户威廉·伯克（William Burke）做起了这行当，两人失心疯般地杀人长达一年，共有十七名受害者死亡。这些罪行既阴森可怕，又抓住了大众的想象力，所以在当时有不计其数的报纸和廉价的杂志报道了这件罪行。而这个故事到本世纪仍是电影的灵感来源。

伯克和海尔犯下的谋杀案，使得英国通过了《一八三二年解剖法》（*Anatomy Act of 1832*）。该法允许医生认领市立太平间或医院里无人认领的尸体,因而大为约束了英国的盗尸行径。美国也采取了类似的措施。

这部解剖法来得正是时候。因为在世纪之交,解剖示范用骨骸除了是学习工具外,也变成了欧美医生爱用的装饰品和地位象征。这些骨骸在当时是医术的象征,如同今日的听诊器与医学院文凭。

根据萨波所言,这些骨骸不是有意地缺乏医用骨头来源信息,就是清楚地表明来自"遭处决的黑鬼",以便向主顾保证,"并未有辱白人社群成员的丧葬荣誉"①。

唯一的问题在于遭处决的黑人囚犯尸体供应量不足,因此,英国医生把目标转向了英国殖民地。在印度,传统上负责火葬的多姆人被迫处理人骨。到了一八五〇年代,加尔各答医学院一年就制造出多达九百具骨骸,大多运往海外。而一百年后,刚独立的印度直接就掌控了人骨市场。

一九八五年,《芝加哥论坛报》指出,印度在前一年的颅骨与骨骸出口量多达六万,供应量十分充沛,几乎足以让发达国家的每一位医学生都能购得一箱骨盒和教科书,而且只要花三百美元。②

或许多数的商品都是由窃取得来的,但最起码出口是合法的。一九九一年,印度解剖用标本出口商协会的前任理事长毕马兰度·巴塔查吉(Bimalendu Bhattacharjee)告诉《洛杉矶时报》:"多年来,我们都是在台面上做事。没有人在宣传,但是大家都知道有这门生意的存在。"在巅峰时期,加尔各答的人骨工厂估计每年可赚一百万美元左右。③

---

① Michael Sappol, *A Traffic in Dead Bodies* (Princeton: Princeton University Press. 2002), 94.
② Mark Fineman, "A Serene, Spiritual Mecca Has Become a Nation of Assassins," *Chicago Tribune*, September 27, 1985.
③ Mark Fineman, "Living Off the Dead Is a Dying Trade in Calcutta," *Los Angeles Times*, February 19, 1991.

另一家大供应商雷克纳斯（Reknas）公司则将数千具骨骼卖给了美国明尼苏达州的基尔戈国际公司（Kilgore International）。该公司目前的负责人克雷格·基尔戈（Craig Kilgore）表示，当时从来没有人谈到盗墓的事情。他说："他们告诉我们，人口过剩是一大问题，人们死在自己睡觉的地方，然后有人用手推车把街头上的尸体推走。"

据（现已不存在的）雷克纳斯工厂现场照片显示，穿着实验室制服的专业人士正以纯熟的方式组装一堆人骨。在人骨贸易的黄金时期，出口公司成了城里最有声望的职业选择。人骨产业成了门槛低的成功路径，有如殖民时期的美国医生。人骨产业也受到市政府的支持，市政府会发许可证给他们。人骨贩子不仅处理无人认领的死者，还为市政府提供了收益来源——在印度其他地方的眼里，那座城市早已经过了全盛时期，但现在却有了新的收益。

然而，要是不把肮脏的秘密掩盖起来，这样的利润是不可能持久的。只搜集穷人与当地太平间的尸体，这样是不够的。有的公司为了增加供应量，便在人死前先购买人体，谁要是答应死后捐出自己的尸体，就可获得小笔现金。不过，自愿捐赠方案太过缓慢又不可靠，公司要是用这种方式运作，可能要花上好几年的时间才能取得一具特定的骨骸；而与此同时，新鲜的尸体已葬入土中，随时可供取用。因此，正如殖民时期的美国以及英国的情况，骨骸用品公司将盗墓视为唯一的方法。历史再度重演。

西方国家对骨骸的需求无可遏止，而诱人的现金也引人犯罪，因此西孟加拉邦的墓园都被盗得空荡荡的。一九八五年三月，发生了类似伯克和海尔案的谋杀案件，某人骨贩子出口了一千五百具儿童骨骸，随即遭到逮捕，整个产业因此吓得暂停运作。由于儿童骨骸相当稀少，加上又可呈现骨结构发育的过渡阶段，因此儿童骨骸的价格比成人骨骸要高。印度的报纸上写着罪犯为取得儿童的骨头而绑架杀害儿童。

逮捕的消息上报后，引起一片恐慌。此件罪行遭起诉后数个月，民间的义警仔细搜索好几个城市，寻找绑匪嫌犯网络的成员。同年九月，一名澳洲观光客遭杀害，一名日本观光客遭一名暴民殴打，原因在于有谣言说他们参与了这起阴谋。这些攻击行为本身或许足以让印度人骨产业陷入泥沼，但是印度政府早已采取行动，早在数周前，印度最高法院对《进出口管制法》做出解释，声明禁止出口人体组织。

由于并无其他国家的供应商竞争，最高法院的裁决实际上等于关闭了国际人骨贸易，就算是欧美的医学院恳求印度政府撤销出口禁令，也是徒劳无功。

此后，天然人骨一直难以取得。医学教育机构对新鲜尸体的贪婪需求，消耗了美国境内几乎所有的捐赠尸体，而且在任何情况下，骨架的处理都是一门缓慢又麻烦的生意，很少人愿意进入这行。如果出现高品质的标本，通常十分昂贵。一副状况良好的完整骨架目前零售价是数千美元，而且可能要耗时数个月甚至数年才能履行订单。医学生也不再购买骨盒了，改为由医学院通常保留一定的存货，只有在标本受损或遭窃时才递补。斯坦福医学院则是每两位学生可分到半副骨骸——从中间劈开的。

这样的政策意味着，许多设立已久的机构其实已经拥有所需的全部骨头。现在最大的人骨买家则是世界各地的新学校，或是规模正在扩大的学校，他们需要购买人骨以增添实验室的配备。以发展中国家为例，巴基斯坦最为显著，许多医学院的人骨来源仍旧是当地的墓园，偶尔要冒着激怒大众的危险。然而，大规模的出口量已逐渐缩减。

在美国，部分机构开始转而使用塑料复制品，但人工替代品并不理想。哈佛医学院负责解剖课程备用品的塞缪尔·肯尼迪说："塑料模型是单一标本的复制品，缺乏真正人骨结构会有的差异。"用复制品进行训练的学生永远无法看到这些差异，此外，模型也无法达到完全的精确。肯尼迪继续说："制模过程捕捉不到实际标本的细节。而在颅骨的研究上,细节尤其重要。"

在美国地区,基尔戈国际公司等大型交易商在当年进口人骨仍是合法的时代大赚了一笔,现在全都在制作及贩卖复制品。现正经营父亲创办的公司的克雷格·基尔戈说:"我父亲会宁愿不择手段也要重回人骨生意这行。他患有弱视,但还是会亲自到办公室来,只要他觉得某人有助于人骨的重新供应,不管对方是谁,不管对方在地球上哪个地方,他都会写信过去。"

而其中部分的信函甚至抵达了难以预料的发源地。在禁令颁布不久后,他试图在非洲大陆饥荒肆虐的地区找出人骨的潜在新来源,当时一名尼日利亚的人骨贩子告诉他,有一整个仓库的人骨已准备出口。只要五万美元,就能握有将近无数人体组织的来源。唯一的问题在于,款项必须以现金送达,交款地点在拉各斯(Lagos)。

查尔斯·基尔戈年纪老迈,无法亲自前往,便请儿子克雷格搭飞机前往尼日利亚,在希尔顿大饭店跟交易商会面。联络人说服克雷格一起上了车子,前往拉各斯市的郊外,丛林旁废弃的仓库区。他回忆道:"要是进了那座丛林,有可能再也出不来了。"

就因为担心会是陷阱,克雷格刻意开始用错误的名称来称呼那些他所感兴趣的骨头部位,而那几位分销商竟然没有纠正他。他也因此察觉到有危险,便改口说服那些假贩子,说钱放在另一个地点,他们必须让他在那里下车,这样他才可以取款。等到那些人一离开他的视线范围,他立刻坐上计程车,奔往机场,搭下一班飞机离开。之后,即使基尔戈和其他几个美国国内的骨骸进口商搜遍了全世界,想找出新的人骨来源,却从来没能找到,这个产业落入了大幅衰退的下场。

克雷格的父亲死于一九九五年,没能活着见到这行贸易重新兴起。

扬氏兄弟公司的总部位于隐秘的巷子里，夹在加尔各答城内最大的一座墓园与最繁忙的其中一家医院之间，外观不像是数一数二的人骨分销公司，比较像是废弃的仓库。生锈的大门看似上锁后就遭人遗忘十年之久，入口处的上方，公司招牌的油漆均已剥落。

这里以前并不是这个样子的。前任加尔各答卫生局局长兼西孟加拉邦在野党领袖贾维德·艾哈迈德·汗（Javed Ahmed Khan）表示，二〇〇一年，这栋建筑物里的活动很频繁。当时，邻居都在抱怨扬氏兄弟公司的办公室充斥着尸臭味，大堆的骨头放置在屋顶上晒干。汗的个性半是铁面无私的艾略特·奈斯[1]，半是正义凛然的拉夫·奈德[2]。他是那种对警察的毫无作为感到没耐心，也乐于自行执法的政治人物，有时会采取暴力手段，在数起事件中甚至锒铛入狱。以二〇〇七年为例，医学院的某位医生被控强暴了汗的一位选民，汗因而攻击了该医生。

二〇〇一年，当警方拒绝起诉扬氏兄弟公司时，汗便率领一群恶徒，挥舞竹竿，直接袭击扬氏兄弟公司。场面有如十九世纪英美两国民间动用私刑之景。

"有两个房间装满人骨。"汗回忆道。总共动用了五辆卡车才把人骨全都载走。他还抄走了数千份文件，其中包括了开给世界各地公司的发票。他说："他们把货品送往泰国、巴西、欧洲、美国。"

出口禁令实施十六年后，像是法律未曾生效过似的。我在废弃船坞的后室里与汗会晤。他将我介绍给一个年轻女人，她戴着色彩丰富的头巾，曾在一九九九年至二〇〇一年间担任扬氏兄弟公司的办事员。她说："我们以前经常依照世界各地的订单出货，常向毕斯瓦兹购买人骨。

---

[1] Elliot Ness，美国财政部查缉私酒的官员，逮捕黑道枭雄艾尔·卡彭入狱。——译者
[2] Ralph Nader，美国消费者运动之父。——译者

扬氏兄弟公司外部。扬氏兄弟公司是印度加尔各答一家解剖用品供应公司。多位证人指出,自一九八五年禁令发布后,这栋破旧的办公大楼就是印度人骨市场的中心。这里的工人以前经常在屋顶上晒人骨,并在屋内清除尸肉。现在,办公室仍在运作,但紧闭的大门后面所发生的事情,实在难以得知。

我看过的尸体超过五千具。"她要求匿名，以免遭到报复。扬氏兄弟公司每个月会从国外收到约一万五千美元的款项，她还告诉我，毕斯瓦兹经营的人骨工厂不过是众多工厂之一，还有其他的供应商和工厂遍布于西孟加拉邦各地。

而汗的袭击行动也激得警方不得不逮捕扬氏兄弟公司的老板维纳许·亚伦（Vinesh Aron）。不过亚伦只在牢里待了两夜，就跟毕斯瓦兹一样未经起诉，立即被释放。

今日，扬氏兄弟公司屋顶上没有人骨。我在此地四处查探了一小时左右，还跟附近的邻居聊了聊天，此时一辆白色厢型车停在公司建筑物旁，一名穿着粉红格子衬衫的男子踏出车门，轻快地走向房子侧门，他敲了敲说："我是维纳许·亚伦。"

亚伦看见我在喀嚓喀嚓拍照片，于是更用力敲门，可是门内的助理开不了锁。我努力想在短时间内丢出一个问题问他，没等我想出来，翻译已经硬把麦克风塞到他的面前，问他是不是还在把人骨运往西方国家。亚伦似乎乱了分寸，脱口而出："那场官司我们赢了！"接着大门嘎的一声开了，他迅速溜进了门内，在我的面前重重摔上了门。

在后续的电话访谈里，亚伦说他现在卖的是医用模型和图表，不卖人骨。然而，一个月后，我与某个手术器械用品厂商见了面，对方自称是亚伦的姻亲，还说扬氏兄弟公司是印度唯一的人骨分销商。他那间位于金奈的小店，柜台后方摆了几个纸箱，里头装满了罕见的人骨。他从其中一个纸箱里拿出一颗拳头大小的胎儿颅骨，并露出微笑，好像他手里握着的是稀有的宝石。他说："在印度，就只有亚伦还做这门生意，就只有他有那个胆量。"然后，他说可以帮我挖人骨，只收一千卢比（相当于二十五美元）。

二〇〇六年至二〇〇七年间，扬氏兄弟公司的产品目录上特别告知

人体交易　047

顾客，公司一概遵从法律行事，还分门别类列出人骨，标出零售价格，并注明"仅在印度境内销售"。然而，不知怎的，印度的骨架还是能运到国外。

在加拿大，奥斯塔国际公司（Osta International）向美国与欧洲各地贩售人骨。该公司已经营四十年之久，号称可立即订货，立即出货。克里斯钦·鲁迪格（Christian Ruediger）表示："我们的业务量约有一半都在美国。"他与父亲汉斯共同经营公司。

鲁迪格承认，该公司贮备了来自印度的人骨，可能是违反出口法，从印度走私出口的。那些人骨是他多年前从巴黎某家分销商那里取得的，不过，二〇〇一年，供货源消失了，大约就是汗袭击扬氏兄弟公司之时。此后，他就一直向新加坡的中间人购买存货。鲁迪格拒绝透露对方姓名，他说："我们希望能保持低调。"

我在调查期间拜访了三十家左右的机构，当中只有少数几家机构承认过去几年购买过人骨，但他们一律拒绝透露供应来源，也希望我不要公开细节。不过，奥斯塔这个名称被提及两次之多。某位在美国弗吉尼亚州颇具名望的大学任职的教授也表示："我向奥斯塔公司购买过一副完整的人骨，还有一颗已切割的展示用人类颅骨，两个都很完美。"

奥斯塔公司的另一位顾客是一家叫做丹斯普莱林恩（Dentsply Rinn）的公司，该公司提供塑料模型头，内含真的人类颅骨，这是用来训练牙医的。行销经理金柏莉·布朗（Kimberly Brown）表示："采购人骨十分困难。本公司规定颅骨必须合乎某种大小与等级，不能有某些解剖学上的缺陷。但是，我们对于来源却没有规定。"颅骨在英美两国是畅销商品。

不过，其实印度当局对于人骨的来源也漠不关心。虽然国际人骨贸易违反了印度的出口法以及地方上禁止亵渎坟墓的法令，但是印度官员却假装没看见。西孟加拉邦副总警长拉吉夫·库马（Rajeev Kumar）表示:"这不是什么新鲜事,没有证据显示他们杀人。"警方之所以会开始注意毕斯瓦兹,单纯只是因为几位重要人物的尸体失踪了的关系。他又说:"警方是根据社会大众施加的压力程度来执法的,社会大众认为这不是很严重的事情。"

大家都认为医学界研究人骨是天经地义的事情;然而,在必须事先告知死者,获得同意后才能研究对方的人骨这一点上却没有定见。印度人骨贸易的再度兴起,反映了这类需求间的矛盾。人骨的供应主要源自刚死亡的死者,然而从贫民窟居民身上活体摘取肾脏这个更危险的行当,不过是印度古老陋习的现代版罢了。

与此同时,加尔各答的人骨工厂也开始重新营运。

第三章　肾脏勘探

二〇〇四年圣诞节翌日，一场地震撼动了印尼班达亚齐市（Banda Ache）的海岸，致使数道冲击波迅速越过海床，积聚成一股巨大的能量，重创印度与斯里兰卡的海岸。这场海啸夺走了二十万条人命，灾难让许多家庭破碎，涌出的难民潮也无止无尽。正当非营利组织与各地政府不断提供大量援助，努力在重建灾民生活之际，却有一些具有企业家精神的医院和器官掮客，把这场悲剧性的灾难视为兜售难民肾脏的发财商机。

海啸难民安置区（Tsunami Nagar）位于印度的泰米尔那都邦（Tamil Nadu），这座难民营专供海难幸存者居住，里头人人一贫如洗。在安置区，最受敬重的人士是一位曾是渔夫的马利亚·瑟文先生。这两年以来，他为了国际社会承诺给难民的基本资源，与印度政府官僚之间不断地起争执，就是希望自己所负责的三个安置区的难民全都能够再度靠海维生。我在海啸发生将近两年后与他会面，当时，难民营只不过是有着一排排凄凉的混凝土房子的没有希望的临时居留地。未经处理的污水直接排入屋旁的阴沟内，就业机会就跟儿童的教育机会一样罕见。

瑟文是村子里唯一的民选官员，对难民而言，已经等于是个名人了。他的照片贴在建筑物的侧面，以及难民营正式入口的大铁门上方，只是他的受欢迎程度已每况愈下，当地年轻人用石头砸破他的肖像海报，还把墙上贴的照片上的眼睛给挖了。而他犯下的罪，其实是试图阻

卡拉·阿鲁穆甘露出腹部的一条长疤痕，外科医生就是从这里摘取肾脏。虽然她在这张照片拍摄前几个月就动了手术，但是她仍然难以工作。她卖肾赚了一千美元。

止器官流出海啸难民安置区。

瑟文说："以前，一个月只有一名妇女会把肾脏卖给掮客，最近的情况糟了很多，一周约有两名妇女，我知道自己得做点什么才行。"

就在我们讲话的同时，院子另一端有一位穿着蓝色与鲜黄色纱丽的妇女正对着他皱起眉头来。她的年龄看似约四十五岁，但我怀疑印度贫民窟的生活艰辛让她显老，因此她可能只有接近三十岁而已。她的纱丽对折处上方坦露出腹部，一条三十厘米的疤痕边缘凹凹凸凸，横越腹部。瑟文告诉我，在这里，几乎每一位成年妇女都有那样的疤痕。他说："我没能力阻止。"

海啸卷走他的村子数周后，政府将两千五百名居民从富饶的渔场撤离，重新安置在这片毫无用处的土地上。安置区旁边就是一家巨大的发电厂，发电厂把电力送往金奈，讽刺的是，安置区内停电的状况却非常普遍。其实村民所需要的东西并不过分，他们只希望有渔网和小型的三轮黄包车，这样渔夫就能把村里的渔获送到市场上卖。于是等到政府重新安置村民后，瑟文便向高等法院施压，要求法院送来其所承诺的现金与资源。

但是，他的申诉遭到了漠视。二〇〇七年一月，他受够了，于是在海啸发生的两年后，刚好有一场会议即将在金奈最有权威的一位大法官面前召开，他决定拿出手中剩下的唯一一张王牌。

他的计划很简单，让被迫贩卖器官的穷困妇女亲口说出证词，如此一来，法院就会感到愧疚并提供援助。毕竟，那些法官听到政府的毫无作为助长了绝望，怎么可能不对村民的困境感到同情呢？

在拥挤的社区中心里，法官倾听了瑟文那令人喘不过气的证词，而一堆勇敢的妇女也自告奋勇说出亲身经历。妇女们说，肾脏掮客一直以来都是个问题——即使是在海啸发生前也是这样——但是，现在的掮客变得很残忍。妇女们露出疤痕的同时，瑟文热切地等待法官能打开国库，送来资金。

可是，事情没有按照计划发展。虽然法官是仔细聆听了，但是补助金被束缚在可憎的印度官僚体制里，并非是因为缺乏司法意志而无法发放。更糟糕的是，听众里的五百名男女发现瑟文把他们的秘密给泄漏了出去，几乎要暴动起来。把妇女的疤痕公之于世，使得整个村庄都蒙羞了。村里的每一个人都知道自己很穷，但是穷到要卖器官又是另一回事。年轻人大喊着，那些应该是私事，他竟然公开，让村里妇女的名誉扫地。

揭露真相并未促使政府将他要求的渔网和黄包车送到难民营，反倒让村里的肮脏秘密暴露在媒体面前，当地报纸开始报道丑闻，不久之后，该邦的医疗服务部发现证据，印度共有五十二家医院卷入了印度史上最大的联合盗窃器官案之一。

不过，即使瑟文没有达到自己当初所设定的目标，也让这次的调查变成了一个对抗肾脏贩卖的良机，可让捐客和腐败的卫生部门官员受到指责。最后这件丑闻引起大众的强烈抗议，迫使该邦的部长不得不做出官方回应。

回应的工作就落在泰米尔那都邦卫生部长拉玛常德兰[①]的头上。他是前政党街头斗士，姓氏前面有着一连串坚不可摧的英文缩写，这是大家都知道的事，而当某位政治对手把一罐酸性化学物质丢向他的脸之后，他在官场的位置更是跟着步步高升（他脸上的疤痕让他在政党会议上特别显眼）。不过大家没料到的是，他竟然放弃采取警方行动，这让当地人都讶异不已。拉玛常德兰并未打算让法院审理这个议题，而是想斡旋解决。他不假思索，立刻召集印度顶尖的移植医生齐聚一堂开会，

---

① K. K. S. S. R. Ramachandran，南印度人名字的前面通常是一连串的缩写。南印度人并没有像西方人那样有姓氏，缩写通常是代表着出生地、父亲的名字和宗教的归属。我根据此一习俗，全书也只列出缩写。

人体交易　053

要他们发誓停止贩卖器官，并试着改用更多的尸体。他决心让医生自我监督，这等于是做做样子，只略微申斥，就轻放了医学界。

但是此举并没有消除大众的怒气，大众仍旧想找出罪魁祸首加以处罚，因此逼得他还是必须做出一些让步。拉玛常德兰为了展现自己会以强硬手段打击犯罪，下令卫生署关闭了两家规模最小且设备最差的疗养院，而且这两家疗养院跟非法移植并没有直接关联。此举让金奈市的其余移植团队全都松了一口气。即使有明确的文件记录显示，数十名外科医生涉及前一年的两千多件非法肾脏移植案，但是几个月内，金奈的那些人又继续重操旧业，如常经营。

当印度财富日益增加之际，瑟文以及数千位贫困的泰米尔人却永远无法平等地分到一杯羹，因此，处于艰难时期，贩卖器官有时仍是唯一的选择。

"印度境内其他地方，人们在说着要去马来西亚或美国的时候，眼里都闪烁着希望的光芒；海啸难民安置区的人，眼里闪烁着希望的时候，却是在说着要卖肾的事。"他如此告诉我。

海啸难民安置区发生的憾事并非特例。第三世界的可用器官供应量充裕，而第一世界的等候器官捐赠的名单长之又长，令人痛苦难耐，因此器官掮客成了一个有利可图的职业。过去四十年来，不仅肾脏的需求量持续稳定上升，而且世界各地的穷人往往把自己的器官看成是重要的社会安全网（social safty net）。

自从环孢霉素（cyclosporine）等抗排斥药物发明后，由医生以及腐败的伦理委员会所构成的国际阴谋集团，已逐渐把埃及、南非、巴西、菲律宾的贫民窟变成了名副其实的器官农场。器官生意背后的肮脏秘密就在于永远不缺自愿卖器官的卖家。

对于每天以不到一美元的金钱过活的人而言，八百美元差不多称得上是天文数字了。这笔款项等于是一种过度的激励与胁迫，赤贫的小虾

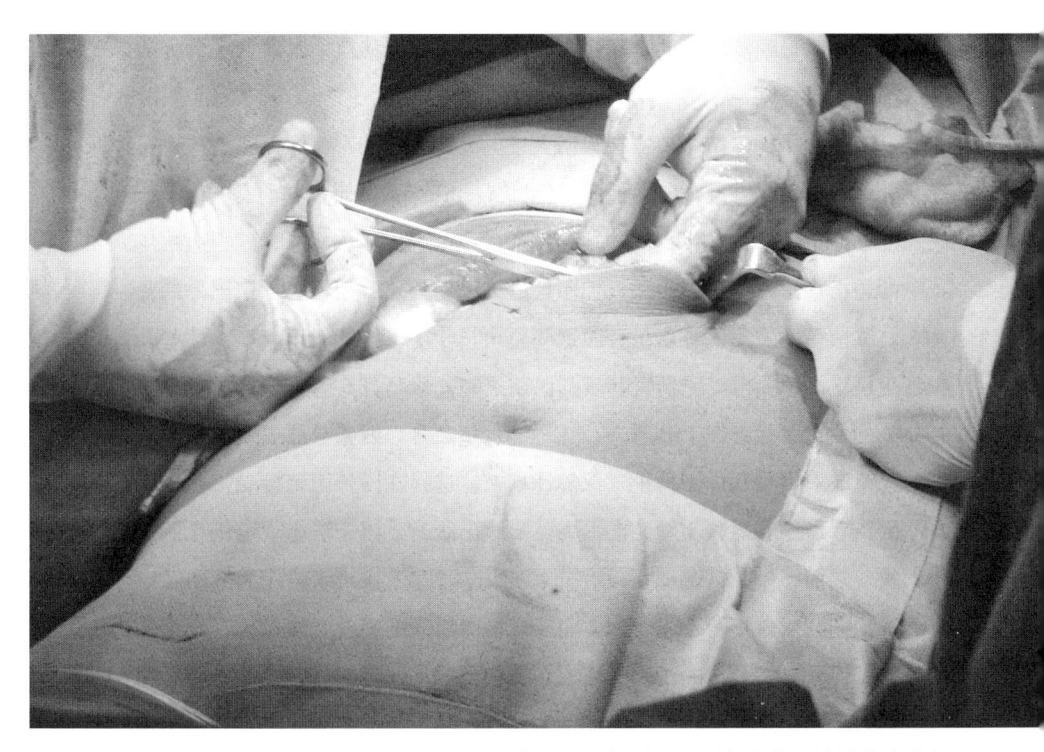

印度金奈某医院进行的肾脏切除手术。二〇〇六年与二〇〇七年，在别名为"肾脏村"的海啸难民营里，几乎所有的妇女都曾贩卖自己的器官给掮客和中间商组成的阴谋集团。印度与国外的患者都涌入此地，用折扣价购买人类器官，以免去家乡漫长的等候时间。

米如何对抗得了全球资本主义企业呢？

假使器官短缺能够简化成一个个数字，然后像代数问题一样来解决，那么要为美国器官移植等候名单上的十万人找到活体捐赠者，也就不是一件难事了。他们很容易就能找到第三世界的卖家，而且往往是解决问题时最经济实惠的途径。而在印度医院接受移植手术，费用约为美国的二十分之一。

这当中的经济利益实在太诱人了，因此有好几家美国保险机构也想分一杯羹，比方说，印美保健（Indus Health）和联合团体计划（United Group Programs）这两家机构经估算后发现，在美国国内进行长达数年的透析疗法，不仅费用昂贵，而且最终仍会致死，相较之下，国外的肾脏移植手术费用便宜多了。而这些公司与印度、巴基斯坦、埃及那些几乎可立即应要求安排器官移植的医院之间，恰巧都有着密切的关系。这类的外包医疗方案十分诱人，二〇〇六年二月，西弗吉尼亚州议会考虑为州政府雇员提供一种正式保健计划，让选择在国外医院接受移植手术的患者可享有退款奖励。在本书英文版出版时，该条法律规定仍悬而未决，然而整体的情况似乎没有什么变化。（应注意，印美保健的网站声称他们会支付移植手术费用，而寻求活体组织的患者必须自行安排捐赠者。但只要有合适的医院联络人，就相当容易找到捐赠者）对受赠者而言，人体交易市场在临床上的优势胜过合法竞争。一般而言，活体捐赠的移植成功率高过遗体捐赠，相较于接受脑死亡患者器官的患者，花钱买活体肾脏的患者通常活得更久。

然而，尽管活体器官的费用较低，也较能延命，不过这种跨越司法管辖地购买人体组织的行为是毫无道理据的。虽然掮客能够让购买器官变成一件易事，但是器官卖家却没说卖器官让自己的生活变好了。

几乎每一位在海啸难民安置区里的妇女都会说，在她最绝望的时候，器官贩子却利用了她。有一位名叫罗妮的妇女就抱怨说，自从手术后，她就连走在村里的泥土路上都痛苦得难以忍受，必须一小步一小步分次走才行。

罗妮的麻烦始于丈夫失去捕鱼工作后开始成天喝酒。在一直缺钱的情况下，罗妮在女儿佳雅结婚时，就连简单的嫁妆都没能力置办，所以佳雅的婆婆和新婚的丈夫就把气出在佳雅身上。他们强迫佳雅做额外的工作，动不动就打她，想尽办法让她的生活过得痛苦不堪。不到一个月，佳雅回家看母亲，与其道别，然后试图喝下一夸脱的杀虫剂自杀。

罗妮发现女儿昏倒在家里的木板床上，赶紧抱起女儿带她去当地医院。那里的医生处理过多位杀虫剂自杀患者，因此医院里已备有中和剂。数小时后，医生让她的情况稳定下来了，只是必须待在加护病房一周以上。不过，罗妮根本负担不了住院费用，而要是没有付款保证书，就只能停止治疗。他们说，罗妮必须想办法尽快筹到钱，不然她女儿就会死。

那些年，海啸难民安置区有好多人卖掉了自己的肾脏，一些爱挖苦的当地人开始把那座难民营称作"肾脏村"。肾脏经纪业俨然成为家庭手工业，卖过肾脏的妇女介绍朋友卖肾。掮客惯常会开出高价码，说一场手术可拿到三千美元之多，但等到卖肾者动手术后，通常掮客只会把当初开价的一小部分金额施舍给卖肾者。在这里，大家都知道这是个骗局，可是那些妇女却为其开脱，说被敲竹杠总好过什么都没有吧。

罗妮的一个朋友在一年前卖了肾，她跟罗妮说，有一个叫做达娜拉希米（Dhanalakshmi）的掮客在金奈的提婆吉（Devaki）医院外开了一家茶馆，用来掩护真正的买卖——在黑市里供应器官。达娜拉希米先预付了九百美元给罗妮，好让她用以支付佳雅的住院费，并答应手术后再给两千六百美元。达娜拉希米同时也讲明了，要是罗妮反悔，就会找打手来摆平事情。

进行器官移植前，罗妮提供了血液和尿液，以便证明自己符合买主的配对条件，买主据说是一位有钱的穆斯林妇女。等到罗妮的血液被认定符合配对条件后，罗妮就被送到金奈的综合医院，接受器官移植授权委员会的伦理审查。

该委员会的职责是确保所有的器官移植手术均属合法且没有金钱交易，它有权监督及在第一时间阻止肾脏诈骗的出现。尽管该委员会的宗旨崇高，却很少落实章程，还常常核准由掮客经手的违法器官移植手术。委员们小心翼翼地掩盖自己的行径，让移植手术看来处处合法。只要委员会的审议会议是跟着器官卖家与买家双方都了解的默契进行的，那么委员会就可以说已经尽了全力确保交易是合乎道德的。毕竟，出现在委员会面前的每一个人都已经发誓要说实话。达娜拉希米指导罗妮，要她只在对方问话时才开口，还给了她一袋伪造的文书，接着就一溜烟走了。罗妮还说，有时在审查会议之前，达娜拉希米会先付两千卢比贿赂，好确保一切顺利。

当时，并不止罗妮一个人待在委员会的等候室，同时还有另外三名妇女也在那里等着卖肾。

"我们一次进去一个人，（委员会）就只是问我愿不愿意捐肾，然后签文件。很快就结束了。"罗妮如此表示。

文书作业处理完毕后，罗妮就进了提婆吉医院动手术。手术按计划进行了，可是复原却比她预期的还要费时。她的邻居——就是当初把她介绍给达娜拉希米的那位朋友——坐在她的病床边，没日没夜照顾着她。不过，三天后，当她的伤口还在渗出液体时，医院却叫她出院回家。又过了一周，当她回医院检查时，那些医生通通都假装不认识她。

同时，罗妮术后等待复原的那段时间，掮客却不见了踪影，她马上就发现自己被骗了。

现在，她的体侧会痛，害她没办法做唯一能找到的工作——在当地的建筑工地打零工。我问她值不值得，她说："应该要阻止掮客，我真正的问题是没钱，我不该为了救女儿一命而跑去卖肾。"

另一个案例是玛莉佳，三十三岁，住在海啸难民安置区外一英里处。她说，她帮人洗衣，靠微薄的工资度日，她想要脱离贫困的生活才决定卖器官。我在她那只有一间房间的小屋里采访她，而她所居住的那条街充斥着腐烂的鱼和开放式水沟的臭味。她满身大汗，但她不怪金奈那无可忍受的炎热，她怪的是医生摘除并卖出她的肾脏后，术后照护非常差。

在海啸蹂躏金奈的数天前，一个名叫拉吉的掮客——目前在码头附近经营一家茶摊——说可以帮她解决金钱问题。[1] 他的交易似乎简单易懂：三千美元买她的肾脏，预付七百五十美元（即使是现在，她一想到那笔现金，仍不由得露出微笑）。数日内，她就收到了一张上面是假名的文件，碰到的状况就跟罗妮的一样，官僚体制的障碍已经清除，没有问题了。不久之后，她就打包好，前往马杜莱（Madurai）。马杜莱是泰米尔那都邦的一座小城，拉吉黑市网络的几位成员负责带她前往国际知名的阿波罗医院的分院，把她交给医生。他们摘取她的肾脏，将肾脏移植到器官移植团里某位有钱的斯里兰卡人身上。根据警方记录，那个人付了一万四千美元买这场手术。不过术后的复原期却比玛莉佳预料中还要久，她有整整二十天都没办法回金奈。院方拒绝提供膳宿给她，就连术后药物也是她自掏腰包买的。等她终于回到金奈后，拉吉却说，他连一卢比也不愿意多付给她。

她求拉吉付钱，求了两年还是没有结果，便报了警。她指控拉吉诈骗了她的器官，但是警方却有不同的看法。警方以器官交易的罪名逮捕拉吉，还扬言要逮捕她，因为她同意卖肾。

"他们两个都犯法了，"警察总署里的一名便衣警探如此表示，"起

---

[1] 我还没解释一个令人吃惊的巧合，印度各地的器官掮客经常都是在经营茶摊作为副业。也许这是因为摊商往往认识许多穷人，他们只负担得起一杯两卢比的茶，其他的什么也买不起。骗这些穷人卖器官，最是容易。

诉其中一人的话，另一人也要逮捕。"一周后，拉吉回到街头，警方只给他警告了事。当我依循警方报告上的地址找到他时，他正在照看小茶摊。他一边煮着一杯含糖的雀巢咖啡，一边告诉我，其实他才是受害者。

"我只是要帮助人而已，我听说某个人因为肾脏衰竭，就快要死了。而且，又知道这里有很多人愿意卖。这样有错吗？这应该合法才对。"他这样表示。我问他，他为什么没付剩下的钱。他说，他答应给玛莉佳的金额不超过七百五十美元。"我给了她应得的金额。"他还说，此外，他还要付钱给好几个掮客和医生，他的净利其实只有三百美元。

玛莉佳告诉我说，她动完手术后一直无法完全康复，而她那十几岁的儿子康南得了乙肝，快要引发肾脏衰竭。她说："不久之后，他就需要移植肾脏，我却连肾脏也没办法给他。"就算她找得到医院愿意免费提供医疗服务给她儿子，也筹不到买肾的钱。在印度，人体部位是社会阶层低的人提供给社会阶级高的人，绝对没有反过来的事。

负责跟罗妮和玛莉佳协商的掮客，在一连串的中间人当中，皆是属于阶层最低者。移植手术要价一万四千美元，这些大大小小的中间人都从中分了一杯羹。拉吉声称，他分到的钱只不过是一小部分，大部分的佣金都是让马杜莱的大交易商乡卡（Shankar）给拿去了。

虽然乡卡早已消失得无影无踪，但在这行，高层人士的身份向来是公开的秘密。例如卡帕亚（K. Karppiah）便是肾脏贸易中最活跃的角色之一，这一点人尽皆知，大家都是私下里低声提及他的名字，他就住在海啸难民安置区外一英里处。在一个月的时间内，约有数十名肾脏卖家都提到他的名字，说每卖出一颗肾脏，他都能分一杯羹。他是掮客头子，很少直接联系患者或贩子，却是推动整个系统顺利运作的中间人。

当我出现在他家门前时，他拒绝接受采访。不过，就连外头铺柏油路的男人都知道他是权力很大的角色，铺路工跟我说："大家都知道卡帕亚，这条街上所有的房子都是他的。"

我的运气不太好，不仅没有人前来透露自己的故事，警方也没有进行后续的调查，身为局外人的我几乎不可能得知器官从卖家到买家之间所要经历的过程。尽管买家和卖家是待在同一家医院，但是购买罗妮和玛莉佳肾脏的患者从未在卖家面前自我介绍。这一票中间人——从身为掮客的拉吉、达娜拉希米、卡帕亚，到动手术的医生——让整个供应链保持秘而不宣。毕竟，不让患者与卖家直接协商，对中间人而言才最为有利。中间人做的是简单的牵线工作，唯有保密，才能收取高得不合理的介绍费。

中间人之所以对供应链的细节保密，显然有其经济利益上的诱因，而院方和医生则利用保护患者权益的老练说法，把整个过程关在大门后面。即使是西方国家的合法遗体捐赠，院方也认为向受赠者透露捐赠者的姓名会损害每一位参与者的隐私权。

印度政府列出了在金奈非法进行肾脏移植的五十多家医院，我根据这份清单，造访了其中六家，每一位外科医生都跟我说，要是允许捐赠者与受赠者会面，会对双方造成严重的心理伤害。

不过，真实情况并非总是如此。人类学家莱丝莉·夏普（Leslie Sharp）在其著作《奇异的收割》（*Strange Harvest*）一书中，讨论美国的遗体捐赠体制。她写道，捐赠者与受赠者之间的匿名情况，是近来才出现的医学伦理。一九五〇年代，移植手术首先在美国地区变得普遍起来，当时的医生主张把捐赠者家庭介绍给受赠者可改善手术的临床成功率，因为双方可分享病例，甚至或许能借由移植手术而形成较为紧密的关系。然而，随着移植产业的利润日趋增长，捐赠者的器官开始被剥去人的身份。匿名成了新的常规做法。

一九九〇年代初期，夏普开始进行研究时，"移植专业人士认为

'捐赠者与受赠者之间的'书面沟通属于破坏行为，亲自会面沟通的破坏程度就更大了"①。临床人员的态度较之更甚，他们把寻找器官去向的捐赠者视为病态。

然而，夏普的研究结果却显示，一般而言，捐赠者与受赠者都想要知道对方是谁，但都被医疗人员阻挡，无法得知。她写道，当移植社群的人在公开活动的场合中聚在一起时，"讲述着双方见面的故事，总是能让底下的听众由衷产生喜悦与赞扬的情绪"②。然而，院方例行将记录封住，不让双方见面。

两个活人因生命的延续而有了关系，捐赠者与受赠者家庭自然会想要得知器官的来历，夏普为了描述移植技术所创造出的这种独特关系，更创造出了"生物感伤（biosentimentality）"这个词。尽管双方渴望见面，但是"放弃医疗隐私权"这个观念的背后其实有着更为实际的理由。

在国际器官交易的情境下，即使患者知道自己是在购买器官，甚至怀疑供应链有剥削的情况，医生却会运用隐私权的伦理来打消患者的疑虑。各位可以试想，以下哪一种情况比较糟糕呢？是揭露有人被迫贩卖身体组织的故事，还是让掮客不受约束地掌控器官的供应？如果医生与掮客同时扮演赚取利润的中间人与医疗服务提供者的话，这种情况显然会产生利益冲突。匿名的做法会让供应链完全受到掌控，为敲诈和犯罪活动提供完美的掩护。

自一九九〇年代初期起，学者和新闻工作者就一直注意到，对于移植用器官的需求近乎是一种新型的同类相残。过去二十年来，加州大学伯克利分校人类学家南希·薛柏-休斯（Nancy Scheper-Hughes）绝大多数的时间都在研究及揭露国际器官网的伪善作为。二〇〇〇年，她发表

---

① Leslie Sharp, *Strange Harvest* (Berkeley: University of California Press, 2006), 166.
② 同上。

了划时代的《全球人体器官交易》（*The Global Traffic in Human Organs*）一文，直指人体器官的交易是透过伊朗的国家资助方案，向巴西贫民区、南非棚户区、印度贫民窟开采人体器官。

然而，她最深刻的洞察力并非在于记述器官贩运的规模，而是针对人们坚若磐石的看法提出了质疑——大家对于器官短缺的性质原本就抱持着一定的成见。她认为，市场对器官的需求永无止境，就表示我们在有限的生命面前展露出医学上的傲慢。她说，医学界画出美好的大饼，向患者保证说："运用别人的器官，就有可能史无前例地无限延长寿命。"医生告诉即将死亡的患者，唯一能救命的方式，就是接受运作正常的肝脏或肾脏，取代自身体内的衰竭脏器，这导致移植名单（例如美国器官共享联合网络不断更新的移植名单）愈来愈长。

不过，现实情况却是患者宁愿移植器官，也不愿被透析机或德贝基（DeBakey）人工心脏泵所束缚。他们不知道的是，移植器官后，只不过是把致命疾病换成慢性疾病而已。患者接受新的人体组织后，往往只能延命数年。移植方案经常宣传说，登记成为器官捐赠者，是在赠与"生命的礼物"，还说成功的移植是"奇迹"；可是却鲜少提及一点，移植后的生活品质一般并不像浴火凤凰般的重生，受赠者反而必须极为依赖抗排斥药物，而抗排斥药物又会降低免疫系统能力，极易罹患致命的伺机性感染。

薛柏-休斯同时也指出，掮客很容易就能找到人体组织。她写道："真正短缺的并非器官，而是移植患者缺乏足够的渠道购买器官。"在美国，直接付款给卖肾者是很困难的事情，而移植名单又创造出一种器官短缺的急迫感。确实，没有了卖肾者，大多数的器官都是来自美国的有限供应。美国人无非是通过患者亲戚、偶尔的自发捐赠，以及器官共享计划，从脑死亡患者身上摘取器官。可用组织的数量有限，造成供需极度失衡，器官移植费用增加。昂贵的价格撑起了一个完全自给自足的医疗经济体，当中涉及了特种生命支持系统供应商、器官运输商、法务部门、医生、护士、社工、管理人员，他们让器官移植产业持续运作，并从中获得经济利益。

医生与医疗人员掌控了获准列入器官移植名单的人数，因此有能力提高器官移植的整体合格率，还能制定可用器官与整体供应量的标准比率。石油卡特尔和戴比尔斯钻石公司都采用的是这个招数。这些年来，美国捐赠者所提供的器官数量已有大幅的增长，然而捐赠数量和等候名单人数之间的比率，却或多或少维持不变。

移植名单——或者具体而言就是摘取器官的网络——让大家以为器官稀少，医学中心之所以能赚大钱，就是因为物以稀为贵。院方告知器官衰竭的患者，他们唯一的希望就是取得替代的器官。不过，事实可能是，患者所失去的健康，在移植后只会恢复一小部分。那么，移植器官体系付钱给活体捐赠者的话，就会比较合乎道德吗？非也，我的意思是，医生与患者应该站在更实际的角度思考生命有限这件事。

然而，在美国我们一点都不能影射美国移植中心买卖器官。移植中心的存在是为了拯救生命，医生应该超脱于庸俗的商业世界。可是，实际状况却是坐拥移植中心的医院都能获得大笔的进账。移植中心是某种品质的象征，能替医院里的所有部门招来生意。例如，医院在公路广告牌上宣传移植中心，这种做法确实再普遍不过，但这并非因为许多驾驶人员有可能需要新鲜的器官，而是为了要大家觉得医院在所有医学领域都有完美的表现。

美国的《国家器官移植法案》明确规定买卖人体组织属于非法行为，不过，对于器官移植的相关配套服务却连一个字也未提及。移植外科医生与积极支持者会立即言明，移植中心实际上并未贩卖器官，只提供移植服务。可是，移植服务的价格却十分昂贵。二〇〇八年，密里曼（Milliman）公司的精算师按实际情况计算出各种器官移植的总费用，肾脏移植费用为二十五万九千美元，当中包括总采购费用（六万七千五百美元付给医院，作为摘取肾脏之费用）、术前与术后的手术护理费用、免疫抑制剂费用、医院管理费等。一次肝脏移植费用为五十二万三千四百美元，胰脏为二十七万五千美元，肠子则是巨额的一百二十万美元。去移植中心的患者没一个是为了买医疗服务，他们是去买器官的。在许多情况下，只有富人或有超级保单的人（在某些情况下是享有美国政府保险者）才能考虑进行器官移植。就算在账面上动手脚，也无法改变这项事实。

不能公开购买器官，造成医疗费用高昂，况且等候名单又长得要命，逼得人们不得不转向国外的移植中心，以获得快速又便宜的医疗服务。医疗费用较低，就表示那些被美国高价器官市场排除在外的患者，有机会在国外找到负担得起的移植手术，而且不必牺牲掉医疗品质。患者会考虑前往的其中一家海外移植中心，就是位于巴基斯坦拉合尔（Lahore）的亚迪尔（Aadil）医院，该医院的广告说，国际标准化组织将其评为具备西方医院医疗水准的医疗机构。

如今，亚迪尔医院以待移植患者为对象，公开宣传两种移植方案：首次移植为一万四千美元；首次移植的器官衰竭后，再次移植费用为一万六千美元。亚迪尔医院执行院长阿杜·瓦西·席克（Abdul Waheed Sheikh）在电子邮件里表示："患者不用担心捐赠者的问题，本院会通过人道主义组织安排活体捐赠者，捐赠者有数百人之多。"

印度、巴西、巴基斯坦等国的医院，也全都宣称它们同样有过剩的志愿捐赠者，可以捐赠器官给出得起高价的患者使用。由于患者不知道该如何自行预约黑市移植手术，再加上第一世界与第三世界之间有悬殊的差价，因此使得国际掮客能有机会从患者身上榨取肮脏的利润。

不过，在菲律宾器官销售却多少是合法的，根据菲律宾新闻局在二

○○五年公布的报告,一流医院的肾脏移植费用是六千三百一十六美元。负责安排移植事宜的器官掮客会收八万五千美元,从中赚取差额。

新收治的患者会意识到器官供应短缺现象十分明显,不过,由于存在强大的国际交换的力量,跟美国地区高涨的医疗价格相比,在国外取得器官的费用仍旧不到美国的一半。同时,法律上的混乱、恐惧、资讯鸿沟,创造出典型的套利环境,让那些互通有无的贩子如鱼得水。中间人可获得的大笔利润重挫了改革的努力。

价格下降时,受打击最严重的就是供应链的最低层。正如我们在印度海啸难民营所见,卖家透过器官掮客卖一个健康的肾脏,平均只能赚得数百美元——如果掮客真付钱的话。而且,尽管需求量遽增,掮客付的钱仍然没变。世界卫生组织在二○○二年指出,全球的糖尿病患者达到一亿七千一百万人。到二○三○年,这个数字将会攀升至三亿六千六百万人。

"各国与各地区的情况完全不同。"以洛杉矶为据点的器官探子如此解释。他在 liver4you.org 网站做线上生意,要求我只能用米奇这个化名来称呼他。"由于大多数的海外移植都是在医生的掌控之下,像美国私人诊所那样,所以价格区间很广⋯⋯在器官交易合法的国家,例如菲律宾,捐赠者的人数十分庞大,因此,捐赠者只能接受平均三千美元的(卖肾)价格。"

成本降低了,买家付出的费用却鲜少会降低。器官一旦从街头进入医疗供应链,价值就会快速攀升。米奇说,如果是肾脏移植的话,他的收费一般介于三万五千至八万五千美元之间。米奇每一笔交易可以净赚两万五千美元以上,实际净利则视手术地点而定。

米奇这类的角色将国家间的法律差异化为进账收入,器官经纪的操作似乎深植于器官移植的核心,也助长了普遍缺乏透明度的情况。掮客扮演着暗中进行的程序中的关键角色,同时也利用了始自捐赠者身体、终于受赠者身体的整条供应链来实现利润最大化。

部分学者与经济学者主张，唯有合法且受规范的体制方能制止器官供应链上的剥削。他们认为，无论司法制度如何创立，有偿捐赠的情况仍会存在。像瑞迪（K. C. Reddy）——涉及金奈丑闻的其中一位医生——这类的移植外科医生表示，这种体制可让器官自由地到达有需要的患者那里，同时又能保护捐赠者的利益。此外，还可以保证捐赠者获得完美的后续照护与公平的支付。

自由市场这个解决方案很诱人。我们相信个人自由以及可决定自身命运的天赋权利，而自由市场方案恰好跟这样的信念相互呼应，还多了"摆脱投机的中间商"这项经济诱因。然而，现实世界的成功故事少之又少。生物伦理学家亚瑟·卡普兰（Arthur Caplan）写道，采用市场方法来解决肾脏短缺问题，使器官贩子处于不利境地，贩子的"选择范围会因高额补偿金而受到局限，这并非因为卖家面对金钱失去理性，而是因为对于某些需要钱的人来说，某些出价即使低到有辱人格，仍旧令人难以抗拒"[①]。换言之，总有人愿意以低于价值的价格出售自己的身体部位。

器官买卖合法化的支持者在论及销售合法化且现在拥有充沛器官的国家时，往往会把伊朗标榜为成功的范例。在伊朗，只要是中央政府机构所管制的器官销售，均属合法。捐赠者会因自己的牺牲而获得报酬，复原期间也有医生照料。结果，等候名单上几乎再也没有患者在等候新肾。

我致电人类学家薛柏-休斯，想讨论伊朗采取的解决方法，她没好气地说："伊朗合法化活体捐赠时，竟然天真地认为肾脏供应量的匮乏问题只是行销问题罢了。但当伊朗政府承担了管理黑市肾脏贸易的责任

---

① Arthur Caplan, "Transplantation at Any Price?" *American Journal of Transplantation* 4, no. 12（2004）: 1933.

后,掮客与肾脏探子的名称只不过是换成'移植协调人',他们仍旧是恶棍,在街头和游民收容之家诱人低价捐赠器官。"

换言之,合法化并没有让从事这行的人改变动机,只是让他们的违法手段合法化罢了。

纽约大学医学中心肾脏移植主任汤玛斯·迪佛洛（Thomas Diflo）对于移植名单上的患者命运,长久以来都很是同情。多年来,许多患者在等到自己符合受赠资格之前便去世了,对此他束手无策。

当我问迪佛洛对患者合理化购买器官的行为的看法时,他用以下的文字作为回应:"患者不会因器官来源而感到不安,他们的想法很实际:'这家伙就要死了,我的肾脏衰竭可以治好了'。"然而,患者回到美国后,还是需要他的术后照护。而要是他治疗了这些跑到体制外的患者,是否合乎道德伦理呢?他对于这一点并不敢肯定。

长久以来,肾脏一直是器官移植的吉祥物。每个人天生便有两颗肾脏,但只要有一颗肾脏就能好好存活下来。肾脏衰竭时,往往是两颗一起衰竭。尽管肾脏看似有余裕,但并不是没有问题的商品。器官摘取产业剥削着世界各地弱势族群的身体。在利润导向的市场里,穷人被剥削,身体部位遭割取;在政府运作的计划里,国家控制了人体,抹除了人们任何一丝的自由意志幻想。

正如所有的人体市场,活体内脏器官贸易在整个供应链上下都极为缺乏透明度。在印度与伊朗（埃及、巴西、南非就更不用提了）,是由掮客操控器官的价格,因此,同意卖出人体组织的卖家只能获得极低的利润,而且只有在碰到最绝望的情况时才会愿意卖。在美国的移植名单等候时间冗长,且手术费用十分昂贵,加上肾脏移植又被宣传成必要的手术,造成许多患者觉得自己毫无选择,只能求助于国外的非法市场。

解决整个问题的方法既复杂又微妙,任何的计划必须包含大力增强透明度。正如我们在国际领养案例所见，隐私权法规使得犯罪组织得以兴盛起来。只要开放所有记录，让每个人都能查验器官来源，就能从根本上改变所有的器官政治。由于只有医院能够动手术，因此管制交易行为应属易事。虽然交易仍会存在，但是掮客和中间人将不会有更多的余地利用那些绝望的人。

第四章　面见家长

我租了一辆起亚（Kia）汽车，已经连续数小时弓着身体并握着方向盘，飞速驶过一片片的玉米田和一间间的小镇教堂，最后终于停在美国中西部的某一条街道上。我试着不要引起别人注意。街对面，有一个十一二岁的男孩，他穿着银色运动短裤和橄榄球T恤，正在自家前院拿着枯枝把玩。我的心脏痛苦得怦怦跳动，不晓得自己是否准备好永远改变他的人生。

为了这一刻，我已经筹备了数个月之久。之前，我在印度金奈那些布满灰尘的警察局里，跟身穿卡其色制服的警员谈话，详细查阅无数叠法院文件。堆积如山的证据诉说着令人心碎的故事，印度贫民窟的儿童遭人绑架，卖到孤儿院，进入全球领养渠道。我特别调查了其中一个案例，在该案中，警方坚称已追踪到某位被窃的印度男孩下落，连他在美国的地址也查到了。两天前，男孩的父母通过律师，请我传口信给那个美国的家庭，期望能获得友好的回应，友善的沟通。不过，当我穿越了十个时区，终于来到此地之后，却茫然若失不知该如何进行。

副驾驶座上面摆着一个破旧的米黄色文件夹，里头装了证据：一小包照片、警方报告、头发样本，还有法律文件，里头详述着这件滞留在印度法院里长达十年的案例。而住在郊区的这一家人很有可能完全不知情。我一直等到男孩缓缓走到房子后头，才小跑到门口按门铃。

来应门的是一位十几岁的印裔女孩，她露出好奇的微笑。我结结巴

马来西亚社会福利中心外头的游乐场。该中心有一家孤儿院,卷入了一百多件绑架儿童牟利的案件。虽然它已于一九九八年终止国际领养方案,但是印度金奈警方仍试图找出失踪儿童的下落。警方表示,马来西亚社会福利中心绑架儿童,再卖给领养机构,非法牟利数十万美元。

巴说："你妈妈在家吗?"不久，一位金发女人来到门口，她穿着牛仔裤和长袖运动衫，以狐疑的目光望着我。

一九九九年二月十八日，这一天是席娃嘉玛最后一次看见儿子苏巴希，当时他还很小，得要她抱着才行。席娃嘉玛就像泰米尔那都邦的许多印度人一样，没有姓氏，她住在金奈的普里安索贫民窟，此地与美国中西部之间不仅地理距离遥远，文化的差距也很大。孩子们在熙熙攘攘的街上玩板球，附近的印度洋送来了令人无法忍受的湿气，包围着街道。尽管街上十分拥挤，但仍被视为安全的区域，即使无人照看的孩子，也会有邻居帮忙留意。

所以，当那天席娃嘉玛把苏巴希留在离住处不过数十英尺的抽水机那里时，心里也自然觉得会有人看着他——确实有人正在看着他。印度警方说，在席娃嘉玛离开的那五分钟，可能就有个男人把她那刚学走路的幼儿抱到电动三轮黄包车里了。警方认为，苏巴希应该在隔天就已经被带到该城郊区的孤儿院，因为孤儿院会付现金买健康的儿童。

对于为人父母者而言，这是最恐怖的梦魇。席娃嘉玛和她那做建筑物油漆匠的丈夫纳格西瓦·劳乌，接下来五年的时间都在印度南部四处搜寻儿子的踪迹。这一家人从不放弃希望，深信他还在某个地方活得好好的。他们用亲朋好友当私人侦探，紧追着谣言与误报，最远向北追到了海德拉巴，那里距离他们家约有三百二十五英里。为了筹措找儿子的费用，劳乌卖掉了从父母那里继承的两间小屋，举家搬到只有一间房间的混凝土屋子里，屋顶是用茅草盖的，位于清真寺的阴影下。为了节省花费，这对夫妻还让女儿辍学。这项艰难的寻人考验让这一家人从下层中产阶级的顶端落入了赤贫的地步。但尽管他们付出了种种努力，仍然无法靠近儿子一步。

到了二〇〇五年，事情终于有了幸运的突破。有人向金奈的某位警察报告,说有两个男人在酒吧里大声争论着绑架的事情。警方说,之后经过盘问后,那两名男人和两名女性共犯承认,他们一直帮马来西亚社会福利中心(Malaysian Social Services,简称 MSS)偷小孩,该中心的孤儿院把儿童出口到国外不知情的家庭那里。绑匪绑到一名儿童可赚得一万卢比,相当于两百三十六美元。

根据一份送交法院的警方文件显示,孤儿院的前园丁马诺哈兰(G. P. Manoharan)已供认自己抓走了苏巴希,同时从马来西亚社会福利中心那里没收的记录文件也显示,在苏巴希被抓走的隔天,也就是劳乌报告人口失踪的那天,该中心就接收了一名年龄与苏巴希相仿的男孩。两年后,男孩被人领养了。我查看了他的放弃书,即一份证明母亲不再有能力照顾孩子而将孩子交给孤儿院的必要文件,还看了其他孩子的放弃书,全都是伪造的。警方说,那些共谋者把男孩的名字改成亚西拉夫,捏造了假的履历,其中包括了一份假生母的声明。

根据金奈警方的归档文件显示,一九九一年至二〇〇三年间,马来西亚社会福利中心至少安排了一百六十五件国际领养案,儿童大多被送到美国、荷兰、澳洲,从中赚取的"服务费"高达约二十五万美元。

假设印度警方查到的是事实,亦即表示劳乌与席娃嘉玛所寻找的男孩已经有了新的名字,新的人生的话,那也就表示他很有可能完全不记得印度的生母,也不会讲母语。多数的国际领养案都是"不公开的",亲生父母没有权利联络孩子,而且由于领养过程需保密,因此也使得很难再找到那些可能是经由诈骗方式被人领养的孩子。

自苏巴希失踪后,席娃嘉玛便陷入了深深的沮丧情绪里。十年后,她仍旧脆弱不堪,眼睛周围是深暗的黑眼圈。一提起儿子的名字,便突然哭了起来,用纱丽轻拭眼角。

"是那些人做坏事,"她这样说,"为什么要我们付出这么大的代价?"

孤儿院里挤满了儿童，为什么还会密谋在街上偷别人的孩子呢？也许，是因为苏巴希皮肤白皙，健康良好，才会被视为特别容易被领养的对象吧。

回到金奈后，我想要获得更多消息，于是便开着我那辆小小的黑色现代汽车，穿越川流不息的卡车、黄包车、闲荡的牛群，前往城外郊区的马来西亚社会福利中心。在首轮申辩后，马来西亚社会福利中心关闭了孤儿院，不再从事国际领养事务。然而，该中心依旧运作数项社会服务计划，并经营一间幼教学校。

我把车子停在亮粉红色的建筑物外头，走出车子，透过铸铁门窥看里头。一个穿着纯白衬衫的男人立刻挡住了我，并自我介绍说他是迪内希·洛文卓纳（Dinesh Ravindranath）。我在警方报告上看过这个名字，他是绑架案的共犯。他说，自从他父亲在二〇〇六年去世后，他就一直负责经营马来西亚社会福利中心，同时兼任该中心的律师。

洛文卓纳跟我说，警方对该中心的调查——在印度是头条新闻——被严重夸大了，其实他才是真正的受害者。他控诉警方利用调查之便，向该机构勒索钱财。他说："法律有规定，妇女想要放弃孩子给人领养，我们不能问太多她过去的事情，必须不加怀疑地接收儿童才行。"

不过，我在调查期间所取得的放弃书，上面有马来西亚社会福利中心高层职员的签名，还有绑架嫌疑犯的签名，嫌疑犯已承认交出多位用不同化名的儿童。我逼问洛文卓纳，嫌疑犯跟警方说马来西亚社会福利中心会付绑架费给他们，但洛文卓纳声称这是误会，并表示："妇女来这里时，我们出于爱心，会给她们两千或三千卢比（约四十七美元），这不是绑架费。这种事情到处都有，我们只不过是代罪羔羊。"

不过领养问题确实很普遍。过去十年来，德里、古吉拉特邦（Gujarat）、安得拉邦（Andhra）、马哈拉施特拉邦（Maharashtra）、泰米尔那都邦的丑闻，暴露出严重违反领养协议之行径，并证实了印度父母亲的孩子已被国外的家庭给领养走了。由于领养费的利润很高，因而促使孤儿院要稳定地供应可领养的儿童。把儿童从印度带到美国的费用大约是一万四千美元，这还不包括要付给孤儿院的三千五百美元标准收费。在最糟糕的案例中，曾经受人敬重的机构其实卷入了儿童贩运，而那些好心的美国家庭也从来都不知道自己并不是在领养儿童，而是在购买儿童。

这类丑闻并不仅仅发生在印度境内。二〇〇七年，法国慈善机构"生命方舟（Zoe's Ark）"的雇员遭到逮捕，当时他们正试图带着一百零三名儿童急急忙忙地离开乍得，并声称这些儿童都是苏丹战争的难民；不过，警方之后查明，多数儿童都是被人从乍得家庭里偷走的。

在二〇〇六年时，《名人观察》杂志也发现，麦当娜从马拉维的孤儿院领养的大卫·班达，其实并不是孤儿。到了二〇〇九年一月，美国犹他州一家名为"聚焦儿童（Focus on Children）"的领养机构，更承认犯下了欺诈罪及违反了移民法。根据联邦起诉书，他们不仅误导亲生父母，还跟可能成为养父母的夫妻说，孩子是孤儿或遭到弃养，然后引进了至少三十七名萨摩亚儿童供人领养。而在一场大地震把海地的许多地方都化为瓦砾后，没多久，某个以爱达荷州为据点的基督教会团体里的数名成员也遭到了逮捕，罪名是他们未经许可就试图将海地的儿童带离海地。

"这是个出口儿童的产业，"联合国儿童基金会（UNICEF）的南亚媒体主任莎拉·克洛（Sarah Crowe）表示，"假使领养机构的第一要务并非关心儿童权利，而是想着如何谋求利润，那么就等于打开了严重滥用职权的大门。"

为解决这种剥削型犯罪而制定的《海牙跨国收养公约》（*The Hague Convention on Intercountry Adoption*）已经获得五十个国家的正式批准，美国于二〇〇七年签署加入。不过，亚拉巴马州桑福德大学法律教授大卫·史穆林（David Smolin）认为，海牙公约毫无效力可言。领养了两名印度儿童的史穆林在电子邮件中跟我说："海牙公约本身有一大缺点，那就是确保儿童确实遭弃养这件事，全都信赖输出国的说法。若只是单纯相信输出国所说的话，那么接收国就要付出很大的代价。"

史穆林应该知道这一点。其实他所领养的两个女孩是被生母送到安德拉邦的孤儿院的，为的是让她们受教育，这种做法在印度穷人之间屡见不鲜。可是，不识字的母亲却是在一开始就被骗签下了放弃书。之后，当她尝试重新取回监护权时，被孤儿院的人给赶了出去。

这两个女孩分别为九岁与十一岁，孤儿院的人教她们说自己的父亲死了，母亲弃养。不过，后来她们还是把真相告诉了史穆林，但美国的领养机构拒绝调查这件事。等到终于查出女孩们的亲生父母亲时，已经过了六年的时间，而女孩们也早已习惯了亚拉巴马州的生活。最后女孩们仍留在美国，不过史穆林吐露了领养的事，于是一家人前往印度，拜访女孩们的生父母，并与之保持联系。

此后，史穆林的法律职业生涯方向便转了个弯，他现在已是美国提倡改革领养流程的重要人士。他特别指出，海牙公约的最大缺陷就是并未针对富国支付的领养费规定金额上限。他说："如果不严格限制金额，其他的规定全都注定要失败。"

印度的警察、律师、领养倡导者也都附和他的看法。副警长乡卡（S. Shankar）表示："如果领养儿童不用付钱，那么这种犯罪行为全都会消失。"乡卡是苏巴希案的主要调查人，他特别要求我别在书中公开他的全名。

当时金奈警方根据马来西亚社会福利中心的文件，查到苏巴希在美国，于是马上打电话给劳乌，请他来警局并试着从一排照片中指认儿子,而劳乌也马上就指出了其中一张快照。警方说这张快照是从亚西拉夫的孤儿院档案里找到的,是苏巴希进入孤儿院数天后所拍摄。劳乌回忆道,在那张照片上,苏巴希躺在一张舒适的床上,衣着有如西方儿童。劳乌说这些的时候斜躺在凌乱住处里的一张塑料折叠式躺椅上,左右两侧是苏巴希的两位哥哥,十几岁的萨萨拉和洛凯希。他说:"已经快六年了,但我还是马上就认出他来。"

警察局长对指认结果感到很满意,但他跟劳乌说,忘掉这个男孩吧。苏巴希在美国会过得比较好。劳乌问:"警方把我当成无名小卒对待,可是,儿子从我身边被偷走,我怎么高兴得起来呢?我不希望儿子一生都以为我们遗弃了他。"

不过,至少劳乌还知道儿子的遭遇。在马来西亚社会福利中心还有约三百件的国内外领养案有待调查,可是只有在媒体关注的时候,地方上的警方调查才会有所进展。马来西亚社会福利中心案的调查速度缓慢得如冰河的移动,因为这案件从市警方踢到邦警方,再踢到联邦警方,随着每一次的移交,案子的范围就愈缩愈小。现在负责调查的则是印度中央调查局,中央调查局根据法院命令,只追查三件跟马来西亚社会福利中心有关的案件,在三个案件中,被偷走的贫民窟儿童据称已分别送到澳洲、荷兰和美国的领养家庭。而送到美国家庭的那个就是苏巴希。

负责调查此案的乡卡承认,警局的调查只搔到问题的表面而已。实际上,如果生父母负担不起律师费用,就无法让儿童绑架案进入法庭程序,因而很可能造成案件毫无进展。这位身材魁梧、满头灰发的警察同时也表示:"此时此刻,我们看到的都是些长达十年的陈年旧案。"他说,其他孤儿院已陆续出现,要取代马来西亚社会福利中心。随即补充道:"可是,我没有权力调查,我真的无能为力。"

不过,要从金奈高等法院记录中取得美国家庭的地址并非难事,因为地址就列在当局批准领养案的法律文件里。我对劳乌说我要去美国跟那一家人见面时，劳乌碰触我的肩膀，以热切的目光注视着我。当警方告诉他他的儿子已经被人领养时，他松了一大口气，幸好儿子没被卖去从事性交易，也没被卖给器官掮客，他听说有些孩子的结局就是如此。现在，他只希望能在苏巴希的生命中扮演一个角色。他把所知的寥寥几个英文字排列组合后说了出来，努力把心中的期望传达给我。他指了指美国的方向，说："家人。"然后，指着自己，说："朋友。"

于是，花了两天时间，跨越八千英里后，我现在正站在中西部一户人家的前门门廊，同时发现要转达口信也不简单。我抓着证据文件夹，努力想出正确的字眼，然后自我介绍。男孩已经从屋后回来，站在我的旁边，而他姐姐就在门内听着。这个十几岁的男孩有着劳乌的圆脸和卷发。我告诉那位母亲，我们必须谈谈，但不能在孩子们面前谈。我们同意等她丈夫回家后，在别的地方碰面。

一小时后，在两个街区外的空荡荡的公园里，我倚靠在租来的汽车上，每隔一分钟就看手表。终于，那位父亲来了，他停下车子，没走出车外，只摇下窗户谈话。他对于我要说的话，似乎并不讶异。他说："几年前，我在新闻里看过这类事情，当时就知道有这种可能。我从来没告诉儿子这件事，他要是知道，会受到很大的伤害。"他突然露出不安的微笑，我把文件夹递给他。文件夹里有一封信，信中内容保证苏巴希的生身父母之目的并非要求他们归还男孩，而是希望男孩的新家人能够跟他们友善交流，让印度的生身父母仍能成为男孩生命中的一部分。最后我请那位父亲详细查看那些资料，我们约定隔天再碰面。

其实这个美国家庭并未直接通过马来西亚社会福利中心领养，他们就像多数的美国家庭一样，是经由代理机构领养的。我在《琼斯妈妈》杂志上首度写到苏巴希案例时，编辑和我都同意不透露男孩的名字和其他细节，以便为这个中西部家庭的身份提供额外的保护。杂志出版时，我只知道这一案例是跟那个代理机构有关,由于没有充分证据,我假定该代理机构无罪,这一件可疑的领养案或许只是随机发生。毕竟,送来儿童的印度孤儿院有可能很容易就骗过了美国的代理机构。

但杂志付印一周后,情况有了改变,我得知了一九九一年的芭努案。芭努是个赤贫的母亲,有三个孩子,丈夫死于工业事故。当时,她没有能力抚养孩子,在没有其他选择的情况下,她接受了某间学校的提议,该学校说会免费提供膳宿并教育她的孩子们。

七年之后,当芭努去孤儿院并要求院长拉古帕提(K. Raghupati)把孩子还给她时,拉古帕提拒绝了。他还说,她早就放弃了监护权,他已经把她的孩子送到了美国的领养家庭。而在威斯康星州,当地的领养代理人拉曼尼·嘉亚库马(Ramani Jayakumar)是跟一家名为"波格特领养服务中心(Pauquette Adoption Services)"的代理机构合作,处理儿童进入美国的事宜。

最后芭努向金奈高等法院提起诉讼,到了二〇〇五年,警方基于多项领养欺诈指控,逮捕了拉古帕提。由于领养记录是公开的,芭努仍有可能找到孩子的下落。终于在二〇〇六年,经由美国和印度的社会活动人士的协助,芭努见到了她那三个已长大成人的孩子。

自一九八二年以来,波格特领养服务中心已安排了一千四百四十一件国际领养案,而根据法院记录显示,当中就包括苏巴希案。

波格特领养服务中心位于一间小学的对面,是一栋壮观宏伟的砖造建筑。我进入大门,在通往多间办公室的长廊里看见多个公布栏上贴满了旧照片,是服务中心从世界各地接收的孩子。我看见琳恩·土尔(Lynn Toole)坐在柜台后面,她是其中一位合伙人,对于要跟我打交道显得很不高兴。

她承认已关注印度媒体报道的领养丑闻,不过仍坚称印度政府签核了她的机构经手的每一件个案。如有必要，她会协助调查，但不会跟我讨论个案内容。我问她，她为何从来没有联络过领养家庭，警告他们有可能领养了遭绑架的儿童，但她拒绝发表评论。一周后，我再打电话过去，她却挂断了我的电话。然而，从该代理机构的网站可看出，他们仍在处理印度领养事宜，服务收费起码介于一万两千至一万五千美元之间。

威斯康星州律师泰瑞莎·德金（Therese Durkin）负责监管波格特领养服务中心，她说该中心从未因国际领养案而接受过调查，当局也未发现有任何违法行径。即使投诉案浮出表面，州政府的调查权也很有限。德金表示："我们手上有的就只是文件而已，只能着眼于证明文件的表面效力。"她又说，印度儿童领养案需保存大量记录，却没有方法可得知文件是否为伪造，印美两国当局在这个议题上的沟通几乎是零。

简言之，没有方法可确知其中一些儿童来自何处。贝丝·彼得森（Beth Peterson）曾在一家现称为"通过国际领养组成家庭（Families Thru International Adoption）"的美国代理机构任职长达十年之久。她曾与几家规模庞大且颇受敬重的印度孤儿院密切合作，为一百五十多名儿童安排了美国领养家庭。在这个过程中，她逐渐认为，许多孤儿院实际上的确涉及犯罪活动。彼得森表示，只要金钱诱因存在，情况就不太可能有所改变。彼得森目前经营着 iChild，一个帮助家庭领养印度儿童的网站。

比方说，在二〇〇二年以前，彼得森给印度的普利曼德（Preet Mandir）孤儿院的款项共达十五万美元以上。那里的情况十分糟糕，在等待彼得森的客户的领养案获得审核批准时，共有三名婴儿死亡。后来，孤儿院院长巴辛（J. Bhasin）开始向彼得森非法索要比平常捐款多出数千美元的款项，还说不付款的话，就不放弃儿童监护权，因此彼得森断绝了跟这家孤儿院的关系。之后，她便向印度政府投诉普利曼德孤儿院及其院长。

四年后，印度电视新闻网 CNN-IBN 的记者扮成想领养小孩的家长，进入普利曼德孤儿院。巴辛跟他们说，两万四千美元可以买两个儿童。这件事经报道披露后，孤儿院的领养执照被吊销，但印度政府之后以暂准的名义让孤儿院恢复营运。彼得森表示："两边都有利润动机存在。我合作的其中一家美国代理机构只想确定我每年可提供一定数量的婴儿，根本不在乎婴儿是从哪里来的。"

一般而言，只要文件看来正常有效，美国领养机构通常不会再深入探查。"儿童之家"社会与家庭服务中心（Children's Home Society & Family Services）是美国最大的代理机构之一，光是二〇〇七年就处理了六百件左右的国际领养案。负责领养服务的副理事长大卫·皮格里姆（David Pilgrim）表示，他很有把握，经手的儿童没一个来源是不道德的。他说："所有跟我们合作的孤儿院，都经过我们彻底的审查，无论是过去或现在，都是如此。"

然而，在普利曼德孤儿院的丑闻曝光之前，"儿童之家"社会与家庭服务中心一直跟这家孤儿院合作。我问皮格里姆，这些领养案当中有没有个案引起过他的疑虑，他停了一会儿没说话，接着表示："我们的律师之前就检查过文件，没看到有需要担心的地方。"

在我首次见到那对美国夫妻后的隔天，我们三人一起坐在寒冷的公园里一张历经风吹雨打的野餐桌旁。一辆巡逻警车经过时减缓速度，警察看了我们一眼，接着继续往前巡逻。眼泪不断顺着那位母亲的脸颊滑落，我分不清她是生气还是心碎，或许两者都有吧。她说："对他而言，印度不存在。"

那对夫妻告诉我，那男孩——他们已经替他取了新的名字——是他们从印度领养的第三个孩子。虽然这是他们第一次交由波格特领养服务中心处理，但领养过程并没有太大的不同，他们付了一万五千美元的费

人体交易　　081

用,飞到印度,前往马来西亚社会福利中心,跟负责人见面。丈夫解释道:"我们喜欢领养。法规变了好多,我们考虑过韩国和南美,不过印度是最开放的。"也就是说,是难度最低的。

我把自己对这起印度警方案件所知的一切,一五一十告诉了那对夫妻。比方说,被起诉的绑匪的供认,孩子的年龄,进入孤儿院的时间点,据称伪造的放弃书,生父对照片的指认,将亚西拉夫交由他们家抚养的法律文件,诸如此类的。可是,他们仍然不肯信服,丈夫说:"要我们相信的话,需要有更多资料才行。"DNA证据或许是唯一能确定的方法,不过,那得让孩子接受验血,又要怎么跟孩子解释呢?而且,如果不符合的话,印度的那一家人要如何确定样本的采集是正确的呢?

必须采取过渡步骤,让这两家人相互联系才行。可是,美国这对夫妻还没决定自己的立场。丈夫皱眉表示:"我们要跟律师讨论。我们必须为儿子着想,要是他发现了,不晓得会对他造成什么影响。"

至于接下来的发展,没有蓝图可循。劳乌发现,政府不太有意愿追查被窃儿童。经过这么多年,道德的界限仍旧愈来愈模糊;不过,假使是美国儿童被绑架到印度贫民窟的家庭里养大,追诉时效是不是也同样适用呢?

关于这点,《海牙跨国收养公约》并没有太大的帮助。公约并未明确规定被绑架的儿童是否必须归还亲生父母,也没有考虑到那些不记得亲生父母的儿童在与亲生父母重逢后所遭受的冲击。研究领养问题的荷兰乌特勒支(Utrecht)大学资深心理学教授罗内·霍克伯根(René Hoksbergen)表示,那男孩应该要知道自己的来历,但要等到将来才能告诉他。霍克伯根在电子邮件里告诉我:"绑架这件事可以用不同的方式告知,但不是现在,那孩子年纪太小,不应该告诉他。"他还说,同时,美国的养父母应该要联系印度的生父母,把孩子的消息和照片寄给生父母,以抚慰生父母的悲伤情绪。只要双方都认为彼此讲的是同一个小孩就行了。

不过，就是在这个关头，事情变得更混乱了。我回到了金奈，在那次公园会晤的两个月后，依旧没收到美国夫妻的只字片语，他们不理会我后续发去的电子邮件，席娃嘉玛和劳乌心急如焚。劳乌以哀求的语气说："你见了他们，你跟我说他们人很好，你还看见我们的儿子，那么，他们为什么不愿意跟我们谈？我们知道他生活在很好的家庭，也知道要求他回来是不切实际的，不过起码要让我们知道他的消息啊。"

劳乌催我再发一封电子邮件给美国的那对夫妻，该邮件描述了男孩身上的几个胎记，以及一条小疤痕，我之前给他们看的文件未曾提及这些特征。今早，我发现了收件箱里有一封回信。那位养父回复说，他儿子身上没有劳乌描述的特征，并在结尾写道："此时此刻，我们什么事也不会做，请向那家人转达我们的慰问。我们能体会他们所经历的，也明白这消息对他们而言会是很大的打击。"

我把这件事告诉副警长乡卡，乡卡对此感到怀疑，若有所思地说："他们可能在说谎，不然就是胎记可能消失了。我们很肯定配对相符，每一件事都直指那个美国家庭。"

他补充道，这件事或许很快就会彻底了结，因为他隶属的警局在前一年的八月向国际刑警组织要求采集那男孩的血液与头发样本，如今该项要求终于送到了美国司法部长的办公室里，日后有可能转送到美国联邦调查局进行后续的调查。

不过即使如此，也同样毫无保障可言。要是那对夫妻决定跟美国联邦调查局的要求对着干，那么优秀的律师有可能会让这件事陷入僵局好长一段时间，久到孩子都长大成人。到了那个时候，这件事的决定权就会落到那位年轻人的手上。

开始调查苏巴希的身份一年后，该案几乎毫无进展。印度警方一直

人体交易　　**083**

处于即将交出另一份起诉书的阶段，却永远没能交出。美国的那一家人则继续保持沉默，他们的消息愈来愈稀稀拉拉，只有《琼斯妈妈》杂志网站上的一则匿名评论，些微透露出他们心中的想法。那位匿名评论者声称自己跟那个美国家庭的关系很近，写道：

> 那对父母根据印度家庭所提供的不完整资讯，决定不要扰乱这孩子现在的稳定生活。等孩子大了，养父母打算把情况告诉他。如果他想要探究下去，我知道他们会支持他的决定。这个家庭已经做了决定，这并非出于个人的私欲，而是出于真切的关爱，为了儿子的心理健康着想。他们是最贴近情况的人，他们最了解这孩子。给他们自由，让他们根据所有的资讯，用爱为儿子做出选择。

该评论贴出后数个月，乡卡通知我，DNA检测正在进行中。经过数年的施压后，美国联邦调查局终于采集了样本，送到印度的实验室。由于实验室必须完成积压数年的工作量，因此在这里就得静观其变，等待实验室从科学角度回答苏巴希的身份问题。

然而，那个美国家庭仍旧没有通过我或绕开我以任何方法联系劳乌与席娃嘉玛，独立核实这起警方案件。他们声称孩子没有那样的胎记，却不允许外界人士来核实。

不过，劳乌还是怀着希望经常长途跋涉到高等法院附近的一栋办公大楼，用自己的体力劳动换取金奈顶尖律师的服务。他爬上了混凝土楼梯，走到后方的办公室，经过平板玻璃窗，看到那里几位法律事务员正在整理一堆堆的成百上千份案情摘要。埋在堆积如山的文件里某处的，就是他为了失踪儿子所提交的申诉书。

他大步迈进繁忙的办公室，问他看见的第一个职员，美国那边有没有消息。

席娃嘉玛与劳乌的手中拿着失踪儿子的照片。一九九九年,苏巴希在金奈街头遭人绑架。警方表示,苏巴希现在跟某个基督徒家庭住在美国中西部。虽然我联络到那一家人,但是他们拒绝核验孩子的身份,说等孩子十八岁了再跟他说,他有可能是遭人绑架的受害者。

第五章　圣母怀胎

克莱诺斯·崔考斯（Krinos Trokoudes）对女人很了解，他说："你付了钱，就会得到很多女孩。"崔考斯话里面的意思，可能跟你想象的有点出入。崔考斯是位胚胎学家，工作内容就是采集卵子。他脑袋上那层厚厚的银发很配他每天穿的白色实验袍，而温暖的微笑也可以立刻让患者轻松下来，正如他办公室墙面上挂着的医学文凭那般令人放心。

一九九二年，他采用体外受精（IVF）技术，不仅帮助一名四十九岁的妇女成功怀孕，也破了吉尼斯世界纪录。虽然这项纪录之后又被破了好几次（二〇〇八年，七十岁的印度妇女经由人工授精生出双胞胎），但是崔考斯开创性的成就，使得其祖国塞浦路斯愿意突破胚胎领域界限之名声更加巩固。此后，塞浦路斯这个位于地中海中央的小岛国，以其崎岖的地形、疏忽的监管、全球化的经济，成为全球卵子贸易的焦点。

从某种意义上而言，女人的卵巢有潜力把生命带到这世上，同时又是一个蕴藏近三百万颗卵子的金矿，等人采集，卖给出价最高者。崔考斯则是同时站在这两种角度看待卵巢的。崔考斯的佩狄奥斯（Pedieos）诊所自一九八一年开业以来，就一直在跟几乎可说是源源不绝的捐卵者合作，这些妇女大多并非土生土长的塞浦路斯人，但共同点是她们都相当贫穷，而捐卵所获得的现金，可大幅补贴收入。崔考斯耸了耸肩说："在收入低的区域，就会有捐赠者。"塞浦路斯有着岛国常见的生活成本过高问题，还有大量的低收入移民人口，不啻是急需现金的捐赠者的完

零度以下的贮藏容器是专用于冷冻存放人类卵子的。这些装有卵子的桶放在西班牙巴塞罗那的马奎斯协会地下实验室里。在西班牙，卖卵者多半是移民与学生，卖卵可赚得八百至一千五百美元。

美温床。

在塞浦路斯，接受体外受精技术的全套卵子植入服务的费用为八千至一万四千美元不等，相较于西方世界第二便宜的地方，费用低了百分之三十。更重要的是，患者等待植入捐赠者的卵子，很少有等超过两周的。对于从英国飞来的妇女而言，可谓是一大福音。因为英国对捐卵者有严格的规定，等候名单已排到两年以上。今年，他的患者有三分之一是从国外飞来的，他希望日后国外患者人数能翻一倍。

"有了捐赠者，"他说，"你就等于有了一切。"

过去十年来，全球的卵子需求量呈指数成长，而且在没有明确的指导方针之下，生育产业已同步增长成一只价值数十亿美元的巨兽。在体外受精技术推行三十年之后，每年出生的试管婴儿多达二十五万左右。虽然多数婴儿仍是生母卵子的产物，但是一些年纪较大（有时是停经后）的妇女想成为妈妈的欲望，却促使了法律上仍然存疑的卵子市场快速成长。现在，这门生意从亚洲一路延伸到美国，从伦敦、巴塞罗那的最富裕地区，延伸到俄罗斯、塞浦路斯、拉丁美洲的落后地区。

在这门生意里，角色有好心的医生、流水线上的庸医、绝望的夫妻和不太像样的企业家，他们全都在争夺一个原料来源——育龄妇女。如果这行真有所谓的管制的话，也是不均衡的管制。虽然各国已经试图管控国内市场，但是机票价格便宜，加上宽松的国际方针，使得危险又不道德的卵子采购就跟取得护照一样简单。今日，来自贫穷国家的贫穷妇女将卵子卖给有企业家干劲的医生，然后医生再把卵子卖给富国的有钱患者。这引发了一连串引人注目的伦理议题：把妇女当成母鸡，给她注射类固醇，借以取得她的卵子卖出，这样真的可以吗？我们制造滚珠轴承时所应用的标准，是否也适用于生命的基因组成部分以及携带它们的妇女呢？卵子是否只是个零件，而捐赠者只不过是个齿轮？

不幸的是，几乎所有的西方国家都把矛头指向伦理困境。有的国家,如以色列,禁止在本国领土采集卵子,却仍补助接受体外受精的国民。即使是利用国外取得的捐赠卵子进行体外受精的国民,亦可获得补助。

美国法律对于捐卵并无规定,虽然美国生殖医学会(American Society of Reproductive Medicine)有个不具约束力的指导方针:若补助金超出薪资损失与交通费,则会被视为不合乎道德。塞浦路斯的情况跟欧盟其他国家相同,正如该国负责管控生育诊所的卫生署官员凯洛琳娜·史提里亚诺(Carolina Stylianou)所说:"允许补助,但不准付款。"没错,这说法听起来未免太暧昧不明了。

所有这些迷雾般的情况造成市场异常活跃,有各种价位、各种服务提供。在美国,卵子植入服务包括了捐赠者卵子、实验室工作、体外受精程序,收费高达四万美元以上。但若是在塞浦路斯接受体外受精,则可省下大笔金钱,这足以诱使世界各地的人们前往塞浦路斯。对于卵子卖家(或称"捐赠者",若您偏好这种称呼的话)而言,价格真是应有尽有。美国妇女卖出一批卵子,平均可获得八千美元。若是常春藤盟校毕业生,且有运动员体格者,价格更是高达五万美元以上。在美国这个最为开放的市场,潜在的捐赠者把个人资料贴在网上,供患者细读,高考(SAT)成绩每高出一百分,卵子价格就会增加约两千三百五十美元。另一方面,没受过教育的乌克兰妇女,在基辅接受准备激素的注射,然后飞到塞浦路斯被提取卵子,并且没有术后照护就被送回家,她们的一批卵子只值数百美元。

这一行的运作方式就跟其他的全球化产业一样,利用法律管辖范围的不同、收入的差异、当地的伦理审查状况、生活水准等来获得竞争优势。根据欧洲人类生殖与胚胎学学会(European Society of Human Reproduction and Embryology,简称 ESHRE)的统计,欧洲地区每年有超过两万五千人跨国寻求生育治疗。原则上,卵子商业市场能以符合伦理的方式运作，但目前国际体系所针对的是脆弱的潜在捐卵者这一特定人群，并有效创造出两种人：一种是贩卖人体部位者，一种是收受者。

同样是捐赠，但捐卵跟捐血非常不同，捐卵是一个漫长又痛苦的过程，至少需要两周的激素刺激，然后再动手术取出卵子。捐卵有如卖肾，并不是轻易就可以做出的选择。再者，捐卵的风险几乎等同于普外科手术与麻醉的风险，激素注射所引发的并发症会使人痛苦万分，甚至会致命。但即使如此，捐卵手术在世界各地还是极为受欢迎，而卵子需求量日益增加，也远远超过了那些纯粹出于善意而愿意免费捐卵给陌生人的利他捐赠者之供应量。

然而，有关卵子的捐赠，主流医学伦理观仍主张"利他捐赠"是唯一能接受的标准做法，这让立法者处于站不住脚的立场。一方面，欧美当局需要大量稳定的捐赠者，方能促进生育产业的发展繁荣；另一方面，又希望这项业务能建立在利他体制之上，限制可能使妇女愿意捐卵的各种激励措施。

若提及有哪些动机可促使妇女捐卵时，"补偿金"与"付款"这两个措辞其实并没有太大的差别，唯一差别只是补偿金可翻译为"价格比较低"。钱少的话，怪不得只能诱使最贫穷或最绝望的人捐卵。立法者尽管是出于善意，却等于是有效地把补偿金给了生育诊所，让诊所购得原料，而生育业务之所以蒸蒸日上，都是利用穷人的子宫所致。这样的关系从来就不是互惠关系。

塞浦路斯前一阵子加入了欧盟，现在正走到十字路口，面临关键时刻：究竟是要加强管制，降低供应量，以管控当地的人类卵子市场？还是要开放贸易，打开大门，付款给捐卵者，并让捐卵者人数大幅增加呢？在某种程度上，塞浦路斯有如一张石蕊试纸，可用来测试人体部位产业的未来情势。在俄罗斯、乌克兰等非欧盟国家，已有诊所开始在国际市场上宣传其多少不受法规管制的卵子产业，但是由于这些国家没有

塞浦路斯尼柯西亚的崔考斯医生经营一家成功的生育诊所，吸引了许多国外客户前来植入卵子。塞浦路斯的其他诊所让捐卵者从乌克兰和俄罗斯飞来，以求快速取得她们的遗传物质。卖卵者可赚得一千至一千五百美元，用于补偿她们所花费的时间以及经历的不便。

欧盟品牌保证，因此很少人愿意前往当地接受生育治疗。即使是像印度这类更遥远的国家，用现金招募捐卵者似乎不成问题。塞浦路斯有如美国蛮荒西部般的卵子矿脉的完美产业平台，并以提供顶级药物（与白人婴儿）闻名于世。

若按人均计算，塞浦路斯的生育诊所数量高居世界之冠，是地球上采卵量最多的地点之一。塞浦路斯的生育诊所无论有没有执照，都会提供体外受精手术，以及各种生育服务，即使是其他地区禁止的一些服务（如性别筛查），塞浦路斯的生育诊所照样提供。塞浦路斯的生育产业融合了灰市金融交易的阴暗世界以及人体组织的商业化。人们从以色列、欧洲乃至世界各地飞来塞浦路斯。在这里，想要孩子的夫妻可找到收费便宜的服务，贫穷妇女可找到市场卖卵子。塞浦路斯是卵子市集，从供需等式的两边获利。国际化让监管成了一则笑话。

"最活跃的生育诊所，其实是由见不得光之人在大太阳底下堂而皇之运作的。有人说世界协会或某国协会会撤销他们的会员资格，但他们想到这点只会一笑了之。监管者都是些没牙的狗。县立和州立的医疗协会和委员会只在议题带有堕胎政治意味时，才会表示关切。站在国际层级来看，塞浦路斯在所有的地方担任此角色，实在是有问题，令人难以置信……要说塞浦路斯已准备好认真运作生殖中心，实在异想天开，倒不如说韩国已准备好进行人类胚胎干细胞研究。"《美国生命伦理学期刊》（*American Journal of Bioethics*）编辑葛兰·麦基（Glenn McGee）在电子邮件里如此写道。

类似崔考斯医生这样的塞浦路斯外科医生，从自家诊所开业之日起，向来勇于突破医学界限，但有时，他们过了头。比方说，名字很响亮的国际体外受精与胚胎植入前遗传学诊断中心（International IVF & PGD Centre），一直以来都是遭人揭发乃至警方调查的对象。

该诊所创办于一九九六年，自从以色列国内禁止有偿捐卵后，这里就是以色列人寻求生育治疗的目的地，当地人称之为佩特拉诊所（Petra Clinic）。诊所位于少有人迹的海滨道路上，介于济吉（Zygi）与马龙尼（Maroni）这两个渔村之间。在狂风大作的冬日，一阵又一阵带着咸味的寒风接连击打着那栋被围墙包围的破旧建筑物，看起来实在不像是生命诞生的兴盛之地。

前一天，我在电话上跟欧雷格·维林斯基（Oleg Verlinsky）谈过了，他是已故的老板尤里·维林斯基（Yuri Verlinsky）之子。尤里创办的佩特拉诊所是位于美国芝加哥的生殖遗传学研究所（Reproductive Genetics Institute）的子公司。尤里逝世于二〇〇九年，其遗产仍处于遗嘱认证阶段；不过，就现在而言，起码有欧雷格负责经营，其中包括土耳其、俄罗斯、加勒比海及美国各地的分支机构。在仓促的电话交谈中，他向我告知，佩特拉诊所主要并非生育诊所，只是提供生育相关服务罢了，包括捐卵在内。他跟我说，我要造访诊所是不可能的事，他说现在诊所几乎只用于治疗罕见的血液疾病。

他的说法让我吓了一跳，诊所网站可不是这么说的。比方说，二〇一〇年二月初，网站上列出了一堆捐卵者，当中包括许多俄罗斯人和乌克兰人。由于捐卵者只会在佩特拉诊所待上短短两三天，所以他们是在国外诊所注射多剂激素，然后飞到佩特拉通过手术取出卵子，再飞回家。网站上没有照片，但清单上有详细的描述。其中一项如下：

> 编号 17P，乌克兰人，身高 175 cm，体重 59 kg，血型 B+，发色：栗色，眼睛颜色：棕色，教育程度：大学，职业：艺术家，年龄：23 岁，抵达日期：2 月 2 日至 10 日，预计取出日期：2 月 5 日至 7 日。

在一般的认知上，"生育旅游"（fertility tourism）是指患者飞到较

人体交易　　093

便宜的地点，接受价格低廉的疗程；不过，生殖遗传学研究所却是把塞浦路斯当成便利的中转点，利用这个合法的灰色区域，服务从以色列、美国、英国、西班牙、意大利来的外国患者，以及俄罗斯与乌克兰的卵子卖家。这项革新意味着当地的塞浦路斯人永远不用知道诊所墙内所发生的事情，而捐卵可能引发的并发症也大多只在捐卵者回国后才会显现。

尽管维林斯基劝我别去，但我还是开车亲自跑了一趟佩特拉诊所。诊所的红色砖墙上有十字架，屋檐有雕成怪兽状的滴水嘴，外观有如只修复了一部分的旧世界修道院。接待我的是俄裔管理人员嘉琳娜·伊瓦诺维娜（Galina Ivanovina）。她起初并不想跟我谈，说记者都故意以不利于诊所的角度做出错误的报道。这几年来，数家伦敦报纸报道该诊所有意过度刺激捐卵者使其产生的卵子数量超出安全范围，这样一批卵子就可以分卖给多位患者使用。把一批卵子分给多人，就意味着每一次的卵子周期可创造出多倍利润；然而一批卵子数量大增的话，往往无法制造出最佳品质的卵子，成功率经常会直线下降。英国《独立报》也曾报道过，该诊所提供非法的性别筛查程序。二〇〇六年，《卫报》的另一篇报道详细描述了佩特拉诊所跟莫斯科和基辅若干可疑的合法生育诊所之间的关联。

这些指控似乎对伊瓦诺维娜造成负面影响，她觉得自己是箭靶。她开始扭着双手，低声说话。她说，如果佩特拉诊所违反了有关人体组织销售的法律，那么塞浦路斯的其他家生育诊所甚至全世界的生育诊所，都跟佩特拉诊所一样有罪。

她又接着说，来诊所的妇女都是"基于经济理由才做的，没其他原因"。她们获得五百美元，以补偿她们所花费的时间以及身体所面临的潜在风险，所有捐卵者都来自国外。虽然她默认了购买卵子的行为，却又说过度采卵的指控是不实之词，一批卵子最多只会分给两位顾客。卖家在抵达佩特拉诊所之前，早已先注射了大量激素，佩特拉诊所只负责采集卵子,因为佩特拉诊所人员受到国外诊所实施的医疗方案的约束。她说,她只记得有一位患者对激素疗法有了负面反应,"实在吓人,我们马上把她送回尼柯西亚治疗"。

我听过那女孩的个案。在邻近的利马索尔负责管理创世纪诊所(Genesis Clinic)的胚胎学家萨瓦斯·考道洛斯(Savvas Koundouros),正是当时负责治疗那女孩的医生。他说:"他们做的事情实在太可恶了,害妇女生了病,却把她送回家,让乌克兰的医生治疗。"她被送到医院时已经一脚踏进鬼门关了。

由于诊所已连续两年受到怀疑,所以伊瓦诺维娜早已经准备好面对最糟糕的情况,她似乎预期警方会随时上门。而她也没有等待太久,在我拜访佩特拉诊所的三个月后,塞浦路斯警方突袭诊所,指控诊所人员贩卖人类卵子。警方在尼柯西亚举行的记者会上表示,他们已取得三名妇女的供述,她们从乌克兰飞来捐卵,佩特拉诊所非法支付款项给她们。不过,这并非当局勒令该诊所停业的官方理由。当局表示,佩特拉诊所的医生只有治疗血液病如地中海型贫血的执照,不可处理卵子捐赠。而在警方突袭后,维林斯基承认佩特拉诊所"本应是治疗地中海型贫血的一个主要中心,还有些中心是在其他地方开业。地中海型贫血患者并不多,我们注意到了人们对卵子捐赠的需求"。毕竟,诊所要考虑到损益,必须提供人们有需求的服务。

不过,目前的问题在于,警方为何选在那时突袭诊所?在某种程度上,佩特拉诊所是完美的箭靶,其老板是外国人,只为国外患者提供植卵服务,谨慎地避开本国的捐卵者与受赠者。此外,警方对诊所的指控都带有异国性质,比方说,来自国外且生活贫困的乌克兰妇女,表明了这类问题的棘手程度远高于违反许可从事地中海型贫血治疗以外的项目。在国际司法管辖区之间把一批卵子分给多位患者,是否正当呢?不光是这个问题,还要考虑到这种行为对于人体组织的购买总体而言又有

人体交易　　095

何种意义？如果查抄佩特拉是因为其非法摘取组织，而非官僚主义的临时起意，这可能会连累其他塞浦路斯人开的诊所，理由是防止他们有类似的商业企图。正如伊瓦诺维娜所言，出问题的不是只有佩特拉诊所而已。世上的每一位胚胎学家都必须思考，补偿金与报酬之间的界限究竟在哪里。如果不能把人体视为商品，那么诊所应该从哪里取得原料呢？

正如"捐赠者"一词所暗示的，供应卵子者最好是基于利他立场而捐卵的妇女。根据欧盟法律，欧盟国家（如塞浦路斯）必须"尽力"确保人类卵母细胞的捐赠是自愿且无偿的，不过却允许支付补偿金，弥补薪资损失和交通费。欧盟卫生专员安卓拉·华西里奥（Androulla Vassiliou）表示，关键在于"欧盟会员国要在哪里划下经济获利与补偿金之间的界限"。可是，这种诡辩的说法，顾客与供应商轻易就能规避。生命伦理学家麦基表示："领养猫咪的困难度还比采购卵子高一倍呢。"根据欧洲人类生殖与胚胎学学会在二〇一〇年所做的一份研究，每年为了那些到国外接受不孕治疗的欧洲妇女而进行的捐卵竟然高达两万五千次。百分之五十以上的受访者之所以选择在国外治疗，是为了规避家乡的法规。而在塞浦路斯，介于十八岁至三十岁间的妇女约有七万六千人符合捐卵者的资格，崔考斯医生估计，在这些人当中，每年约有一千五百人（约五十人中有一人）会贩卖自己的卵子。这个数字大得令人难以想象。相较之下，在美国，每一万四千名符合资格的妇女当中，只有一人会捐卵子。

或许，更令人不安的是，塞浦路斯的捐卵者大多来自人口相对较少的贫穷东欧移民，她们急于贩卖卵子，任何价格皆可接受。虽然塞浦路斯政府的统计资料并未划分捐卵的类别，但是所有的诊所都强调备有大量的东欧捐卵者，这是因为东欧人皮肤白皙，受教育水准高，很容易就能推销给西欧顾客。塞浦路斯的俄罗斯人、乌克兰人、摩尔多瓦人、罗马尼亚人共有三万人，估计当中有多达四分之一的人卖卵。

翻开俄文周报，夹在后面几页的招工广告之间的，是征求捐卵者的广告。上面的俄文如果翻译出来，大意就是："需要捐卵者来帮助没有孩子的家庭。"还附上电话号码，可联络未具名的诊所。凡是读了广告的人，都知道对方会付款买卵子。

这类广告在塞浦路斯的媒体上更是普遍，但与三四年前相比，现在的征卵广告似乎少了些。有可能是因为塞浦路斯即将抵达饱和点，多数的潜在捐卵者已被招募，现在要找到新的卵子来源比较困难。为克服难关，许多诊所现在转而依赖侦察员去主动寻找及结交有可能捐卵的妇女。

我找到了娜塔莎，她目前正在塞浦路斯的知名生育诊所之一担任侦察员，她同意跟我会面，讨论她的工作内容，条件是我必须在书中更改她的姓名。

娜塔莎说，诊所大多想找俄罗斯的捐卵者，因为西方患者希望生出来的孩子肤色较白，这一点对诊所也较有利，因为移民就业前景不佳，找俄罗斯人不仅比当地人容易，也比较便宜。恰巧娜塔莎自己也是来自俄罗斯的小村庄，十五年前来到塞浦路斯。娜塔莎特地描述了一名典型捐卵者的状况："一开始她在网上认识了一名塞浦路斯网友，当来到塞浦路斯时，还以为自己会过上很好的生活。可是，两三个月后，他们分手了，她没工作、没签证、没地方住，也没方法可赚钱。对这里的俄罗斯人而言，要取得合法的文件很困难，而她必须马上赚到钱。最后，她想到自己拥有的就是健康的身体，如果幸运的话，还会有相当漂亮的长相。"娜塔莎跟我说，从事侦察工作这么多年来，从没遇到过哪个女人是基于钱以外的理由捐卵的。她说她说服了一位被困在塞浦路斯的女人，那女人后来在娜塔莎的沙发上睡了一个月，卖卵子给诊所，"她拿到钱之后，就买机票回家了"。

人体交易　　097

甚至有时候，就连医生也要亲自出马，寻求捐卵者。卡门·皮斯拉鲁是罗马尼亚人，之前的工作是在塞浦路斯与希腊的夜总会跳舞。她说，在她生下第四个意外怀上的孩子，还住在医院等待复原时，曾帮她安排孩童领养事宜的医生问她愿不愿意卖卵。她说："他知道我的处境凄惨，我没钱又没方法可以养家。"现在的她没稳定的工作，替人打扫房子维生，脸颊上还留着几道明显的白色疤痕，那是某个负心的情人用刀子攻击她所留下的。

皮斯拉鲁说，医生出价两千美元现金，她当场回绝了。可是，那位医师不放弃，接下来的一个月，每周都打电话给她，希望她会改变心意。不过在他失败后，转而希望她介绍几位可能会答应的妇女，她把几个名字给了他。后来，她认识的这几位女性接受了他的出价。她说："这里有许多妇女卖卵子维持生计，我们全都是弱势者。"

不过，受 Ira W. Decamp 计划赞助的普林斯顿大学生命伦理学教授彼得·辛格尔（Peter Singer），对于贩卖卵子一事，觉得没有太大的问题。他在电子邮件里写道："我认为，在理论上，买卖可替换的人体部位不一定比买卖劳动力还糟糕，而我们一直都是在贩卖劳动力啊。例如一间公司转向海外发展时，也会发生类似的剥削问题，可是穷人却能借由此项交易赚钱维生。我不是在说卖卵根本没问题，这显然是有可能会发生问题的，因此，最好能在规范的有监管的机制下公开交易，这样总好过黑市。"

我在撰写本书时，塞浦路斯议会正考虑通过新法律，取缔国内的卵子交易，对于公开买卖人体组织的诊所处以新的严厉处罚。不过，顶尖的胚胎学家正在极力反对这项法律的通过，生怕这项法律会让整个医界都受到制裁。

塞浦路斯外科医生萨瓦斯·考道洛斯——从佩特拉诊所接收了奄奄一息的捐卵者的那位医生——在国内很受欢迎，有如《急诊室的故事》

里的乔治·克鲁尼的塞浦路斯版本。男人碰见他,会在他的背上轻拍示意,女人则会亲吻他的脸颊。他是个英俊的胚胎学家,让众多妇女得以怀孕,简直比成吉思汗还厉害。他那栋高科技的创世纪诊所坐落于利马索尔市区,此时我们俩正站在诊所三楼的阳台上。我问他,新的法律对于寻找捐卵者的过程可能会造成何种影响。他深深叹了一口气,点了烟,开口说:"我想要告诉你的事情,是我不能说的。"

所有的生育诊所都被困在两个对立的伦理困境之间。"显而易见,如果捐赠被描述为利他主义行为的话,这就表示不得支付款项。可是,捐赠者会基于做好事的心态就接受为期数周的多次注射以及之后的全身麻醉手术吗?这怎么听来都不合理。"对他而言,这当中的风险很大,前一年,他投资一百多万欧元兴建了顶尖的体外受精实验室,实验室里有负压气锁门,还有三个房间装满了贵得要命的仪器。但是只有在他能向顾客保证提供一定的卵子供应量时,这项投资才有意义。如果塞浦路斯仅采行利他主义模式,禁止支付任何款项给捐卵者,那么他很有可能根本就找不到任何可采集的卵子。

想想英国的情况吧。二〇〇七年,英国通过立法,即使是支付低额补偿金给捐卵者,也属于非法行为,因此原是体外受精产业先锋的英国,顿时一落千丈,成了一潭死水。曾经,英国的捐卵者人数充裕,如今却已枯竭。在英国,接受捐卵的等候名单时间立刻跃升至两年,对于即将成为高龄产妇的妇女而言,两年实在太久了。因此,当英国妇女需要卵子时就会直接飞往国外。塞浦路斯的诊所会付钱给妇女,买卵子,他们说这笔钱是补偿金,不是付款。就这样,妇女们成群结队地前往创世纪诊所。

由于各国的规定各有不同,因此多数诊所都能躲在既吸引到顾客,同时又能规避国际法规的灰色地带里。不过,比法律更重要的是采集卵子所带来的风险。其实,捐卵者在每次接受激素疗程时,都必须冒着生命危险，但或许她们本人并没有被告知这点。接受体外受精的妇女当中，约有百分之三会患上卵巢过度刺激综合征（HSS），亦即卵巢里的卵泡会变大，制造出过多的卵子。如果医生不减少激素的剂量，这种症状有可能引发危险，甚至致命，那位乌克兰妇女就是这样，差点死在佩特拉诊所。

有多囊性卵巢的妇女尤其容易患上卵巢过度刺激综合征，因为她们的卵巢会一直因刺激而膨胀。激素有效地让卵巢过度工作制造出比平常更多的卵子。对于采卵者而言，碰到有多囊性卵巢的妇女既喜又忧，喜的是她们会产生更多卵子，忧的是她们面临严重副作用的可能性增加了。然而，对于某些诊所而言，多囊性卵巢捐卵者带来的额外利润实在太诱人了，他们愿意挑战安全的极限。

以色列医生吉昂·班-拉菲尔（Zion Ben-Raphael）被控一九九六年至一九九九年期间，在患者不知情的情况下过度刺激卵巢，采集更多卵子。在其中一个案例中，他从一位不知情的捐卵者身上取出了一百八十一颗卵子，并将这批卵子分成多批，卖给三十四名想怀孕生子的付费患者。在他任职期间，总共有十三名妇女因他注射大量激素而住院。《国土报》揭露该丑闻不久后，以色列便禁止了有偿捐卵。不过，这项禁令却让不孕夫妻转往国外，促使佩特拉诊所开始从事体外受精。

这一案例不过是以色列医生身上发生的一系列事件之一。在二〇〇九年七月，罗马尼亚警方逮捕两名以色列医生，这两位医生有计划地带以色列妇女前往布加勒斯特进行卵子植入手术。一名十六岁的工厂劳工在卖卵给他们后住院，差点死亡。

塞浦路斯的诊所有时像是边防哨所，而西班牙的诊所则像是历时已久的堡垒。自一九八〇年代中期起，西班牙一直是寻求不孕治疗的欧洲妇女之首选目的地。巴塞罗那的马奎斯协会（Institut Marquès）位于市区高档地段,是一座十四世纪的马车车库,若亲临该地,就能了解他们为何能从卵子产业中赚上一大笔。

走进马奎斯协会,在玻璃滑门和嗖嗖作响的气锁的后面,有两间胚胎实验室,里头有六名工作人员穿着蓝色手术服戴着通风口罩,正在让婴儿的制造从浪漫的行为变成科学行为。一名望着电脑屏幕的女性把某一区域放大,里头有许多不停蠕动的精子和一颗巨大的卵子。她在控制台上转动一个拨盘,操控显微注射针慢慢朝向一颗孤零零的且不停蠕动的精子。注射针对准精子后,她按下另一个按钮,将精子吸入电脑屏幕外的槽内。当精子抵达槽内后,一把微型小刀就会剪掉精子的尾巴。

"如果剪掉精子尾巴,将精子植入卵子后,精子内的遗传物质就比较容易释放出来。"她如此表示。然后,就像要强调这句话似的,她把针尖插入卵子的细胞壁,将那批微小的基因束喷射到卵子里。就在那一瞬间,实验室里有生命诞生了。

这个胚胎以及它其他的兄弟姊妹会有两种结局。两三个最强壮最明显可生长的胚胎,会植入购买诊所服务的妇女体内。剩余的五六个胚胎会置于液态氮里冷却,以防第一批胚胎不能存活。只有到那时,它们才有机会形成远比一两个细胞重要的东西。

如果其中有一个胚胎真的着床,形成胎儿,他或她就有可能在英国长大成人。二〇〇九年,马奎斯协会在伦敦设立了一间卫星办公室,提供全套服务,三个体外受精周期的保证怀孕套餐只要三万七千美元。由于每一个周期约有百分之三十的机会可活胎妊娠,因此整体的几率是值得看好的。

一般而言,诊所要先等到患者签名同意后,才会开始寻找适合的捐赠者,但由于国外顾客一直源源不绝,因此根本不用等患者签名,诊所早备有一堆候补妇女注射激素,随时准备捐出卵子。诊所只要把入院的顾客以及已进入供应链的卵子进行配对即可。

"有时找不到顾客的话会损失卵子，不过有舍便有得，这种方式让我们能够保证供应量稳定。"该诊所的胚胎学家乔瑟夫·奥利华斯（Joseph Oliveras）表示。这种系统大幅缩短了患者等候的时间。此外，根据西班牙法律，患者不得根据捐赠者的特征做选择，所以这种系统也有助于患者遵守法律规定。捐赠者的配对全交给医生决定，通常是依据表型来抉择，不过医生做出的选择或许也会视供应情况而定。

这些诊所在西班牙各大学大量招聘，偶尔会在校园里广发传单。大学文凭是吸引顾客的一大卖点，因为顾客最多只能知道捐卵者的文凭，所以大学文凭就显得更重要了。然而，更可靠且更少提及的卵子来源——尤其在失业率已上升到接近百分之二十的西班牙——则是非法南美移民，因为除了卖卵外，她们很少有其他的赚钱选择。

英国的捐赠者妊娠网（Donor Conception Network）共同创办人奥莉维亚·蒙塔奇（Olivia Montuschi）表示，对于这点，多数买家都觉得没关系。该网络帮助不孕夫妻，让妇女借由捐赠的基因物质受孕（蒙塔奇的丈夫不孕，她的一双儿女是经由捐精者的精子受孕诞生的）。"妇女大多不在乎卵子实际上是从哪里来的，她们受够了不成功的生育治疗，所以不管要去哪里要做什么都愿意。"

智利移民妮可·罗吉奎兹（化名）说，她抵达西班牙不久后便将卵子卖给了一家诊所。她说："我们不是非法移民，我们是学视觉艺术的学生，可是我当时还没拿到工作许可，捐卵似乎是很容易赚到钱的方法。"她很清楚诊所期望的捐卵者条件。"我的皮肤有点黑，不过，幸好是冬天，我那时真的很苍白。到了诊所后，他们问我，我的肤色是怎样的。我化了大浓妆，这样他们就说我的肤色是白色。"

她一边笑，一边讲述着首次跟诊所招募人员的对话："我问对方：'你们买卵子会付多少钱？'对方纠正我，说：'你是说捐卵子吧。'我说：'对，抱歉，抱歉，是捐卵子。'"在采集卵子时，她选择全身麻醉。等她醒了过来，一个装了现金的信封放在她的身旁。她说："那就好像招妓之后，把现金丢在床头柜上。"一千四百美元的报酬足够让她过四个月了。

曾担任巴塞罗那德克赛丝（Dexeus）诊所的患者助理兼国际协调人的克劳蒂亚·西斯提（Claudia Sisti）说，这些妇女的经验全都相当类似。她说："多数的捐卵者来自拉丁美洲，对她们而言这是最轻松赚钱的好方法。"有的捐卵者甚至成为职业捐卵者。"我认识一位巴西妇女，她在一年内卖卵四五次，然后生了病。虽然她很瘦，但他们还是一直接受她的捐卵。"

我采访了许多未通过诊所公关部门而独立追查到的捐卵者，他们大多诉说着类似的故事。

阿根廷移民奇卡说，她去捐卵子的时候，看到一整个房间都是来捐卵的南美人，非常惊讶。"她们不是西班牙人，她们是移民，让我觉得这是移民才做的事，似乎她们都在找方法活下去。"然而，注射的成效并不佳。"他们采集到的卵子都太大了，医生说那些是超级卵子，于是决定停止疗程。他们无法取得一整批卵子，付给我的钱只有原先答应的一半。"付款遭砍，证明了这样的观点，即诊所付款不是为了补偿她花的时间和不便，而是在购买可以使用的卵子。

说到底，尽管诊所与管理人员的措辞说法都很冠冕堂皇，但是卵子其实就是交易的商品，有如供应链上移动的小零件。诊所继续让招募捐卵者的策略正式化，并简化受孕程序，等于是为世上处理人体部位交易的方式创造了新的范式。在某种程度上，人类卵子是一种可援用的案例，甚至比肾脏更适合去确定一件事，即医院在全世界的国家打破市场壁垒后，会如何处理人体组织的商业化。

"技术十分进步，"位于瑞士的"精英体外受精（Elite IVF）"生育服务公司创办人兼执行长大卫·薛尔（David Sher）表示，"只要你提供

人体交易　103

精子，我们基本上就可以把婴儿快递给你。"当然了，大多数的父母并不愿意用如此冷酷和讲效率的眼光看待这种交易。对这些父母而言，这个监管不力的市场所具备的正面意义，就在于能够创造奇迹。

拉维·艾伦和欧玛·薛斯基是两位住在特拉维夫的男同性恋情侣。为了让他们的婚姻在以色列获得承认，二〇〇八年二月，两人在多伦多结了婚。不过，拥有孩子的梦想似乎遥不可及。艾伦说："在这里，同性恋伴侣要领养小孩，几乎是不可能的。唯一实际的选择就是雇用代孕者，可是，唉，太贵了。"跟他们有类似情况的朋友查到了代孕与捐卵的价格，随随便便就超过三十万美元，还要花上好几年的时间处理法律纠纷。

不过，只要这对伴侣愿意放眼全球，精英体外受精公司就会让这整个程序变得比较简单。精英体外受精公司的做法跟 Orbitz 机票网很类似，Orbitz 会搜到多个航班，找出最划算的交易，并把多段航程拼凑起来给出一个较低的价格，最后薛尔找到了墨西哥城的一个白人，她愿意捐卵。不过，墨西哥并没有全面的法律可保护求子双亲的权利。因此，薛尔让代孕者坐商务舱，从美国飞到墨西哥，接受了受精卵植入手术，一个精子来自艾伦，另一个精子来自薛斯基。二〇一〇年十一月，这一双儿女以美国公民的身份在加州出生。

"对我们而言，这就像是中了乐透。"艾伦说，"在基因上，一个属于他，另一个属于我。但是，这两个孩子也是兄妹，因为他们来自同一个捐卵者。对我们而言，这是最美满不过的家庭了，每一个人都和其他人有关联。"数周内，艾伦和薛斯基就能够安排好合法领养孩子的事宜，带孩子们回特拉维夫。总费用：十二万美元。

许多公司提供的服务跟精英体外受精公司很类似。他们把婴儿的制造变成了全球化、产业化的过程，婴儿只不过是非正式组装线的最终产品。与妻子生活在亚利桑那州的薛尔认为，科学技术使得生殖活动离开卧室，进入实验室，业务外包只不过是其无可避免的结果。精英体外受精公司如同佩特拉诊所和马奎斯协会，为客户提供较便宜的卵子以及一整套的生育疗程，而且跟那些较为当地化的公司不同，它的营运范围遍及世界各地，在英国、加拿大、塞浦路斯、以色列、墨西哥、罗马尼亚和美国，都有办公室与合作诊所。薛尔打算不久把业务拓展到土耳其，土耳其现已禁止捐卵，他要利用这股预期将上涨的需求。

薛尔把卵子的监管与价格差异视为降低原料及服务成本的机会，并将节省的成本回馈到顾客的身上，顾客在其本国无法获得的生育服务，精英体外受精公司几乎都能提供。你想要做性别筛查吗？性别筛查在多数国家是违法的，但是墨西哥诊所可以帮助您。在美国的你，年龄大得不能接受体外受精吗？塞浦路斯正是你所需要的。

时至今日，精英体外受精公司由诊所、卵子卖家、代孕者所构成的网络，每年可制造出两百至四百个小孩，帮助了许多像艾伦和薛斯基这样的家庭。而且，事情只会愈来愈复杂。薛尔说："未来的趋势是设计婴儿。"薛尔提到，曾有一位投资者想要跟精英体外受精公司合伙做生意，他描述了对方所提的合作方案。"亚洲的代孕者怀着美国超级捐赠者的卵子，超级捐赠者就是 SAT 成绩拿到高分，而且获得高学位的模特儿，她们的卵子可卖到十万美元。这些婴儿每个可卖到一百万美元，先是卖给我的那些投资人朋友，然后再卖到世界其他地方。"

虽然当时薛尔回绝了对方的提议，但他也说迟早会有人往那个方向走。到了情况变得古怪之时，或许政府就会插手了。生命伦理学家麦基预测："我们不久就会开始认知到蚂蚁运动轨迹般的生育模式的危险性，彼此之间毫无责任的陌生人以及能够一溜烟消失的临床医师因交易而相遇，并以人类的终极行为——造人——终结关系。"

就现在而言，我们只能思索着艾玛·哈辛那和叶宏那坦·梅尔的意义。这两个在艾伦和薛斯基的大腿上蹦呀跳的婴儿，彼此的关系是言语

人体交易

难以形容的，卵子来自同一位捐赠者，精子来自不同的父亲，都在代孕者的子宫里成长，他们既是双胞胎，又是同母异父的兄妹。他们也是体外受精与全球化所带来的可能性的典型代表。父母亲为了获得这样的孩子，什么事都愿意做。捐卵者为了能拿到合适的价格，什么事都愿意做。

第六章　婴到付现

这栋粉红色的三层楼建筑，外墙布满凹痕，内部光秃秃，离火车站只有几个街区远，绝对不会让人联想到这里是印度最成功的代孕公司。不过，当奥普拉热烈讨论阿肯夏不孕诊所（Akanksha Infertility Clinic）时，这家位于快速发展的阿南德（Anand）市内的诊所立刻一夜成名。该诊所让捐卵者的卵子受精，将胚胎植入代孕者的子宫里孕育，并最终以每周将近一个的速度提供契约婴儿。

除了二〇〇七年奥普拉那引起波澜的介绍片段外，其实阿肯夏不孕诊所创办人南雅·派特尔（Nanya Patel）医生自二〇〇六年起便一直是许多人发表文章赞扬的对象，这让派特尔成了不孕中产阶级夫妻的救世主，也打开了美国孕事外包的闸门。如今奥普拉的亲笔签名照就挂在诊所的显眼处，诊所也声称他们的等候名单上多达数百人，更有新闻指出，阿肯夏不孕诊所每周至少会接待十几位新顾客询问有关代孕事宜。

现在在我的眼前，穿着鲜艳的橘红色纱丽的派特尔医生，坐在一张足以占满房间三分之一空间的长桌子旁，沉甸甸的钻石珠宝挂在她的脖子、耳朵和手腕上。她咧着一张大嘴笑着，露出半是礼貌半是警惕的表情，招手请我坐在旋转办公椅上。我没预约就直接跑来这里，因为担心要是事先打电话，她会拒绝见我。尽管有许多颂扬的报道，但是在我来访的数周前，批评文章开始接二连三出现，该诊所将代孕者关在有人看守的宿舍里，这种颇具争议的做法引来抨击。

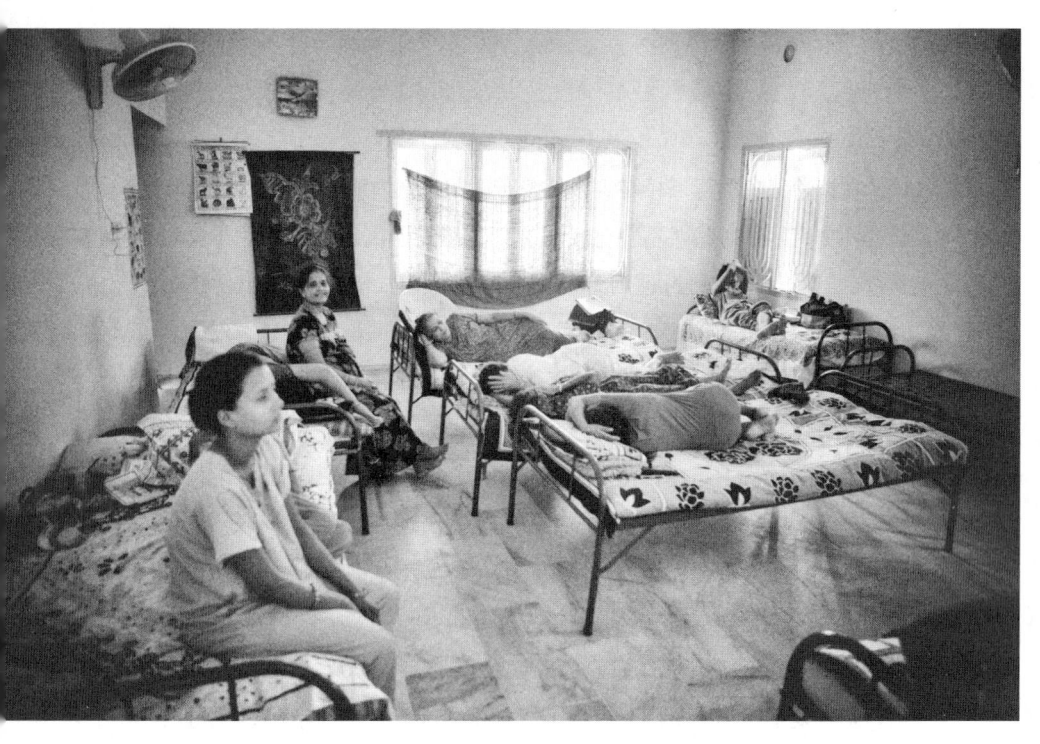

阿肯夏不孕诊所的宿舍，位于印度阿南德。这些代孕者在九个月怀孕期间，一直受到严密的看守，生产时往往采取剖腹产。代孕者的家人被允许偶尔前来探视，屋子里唯一的娱乐就是一台播放着古吉拉特语肥皂剧的电视机。国外的求子夫妻支付诊所约一万四千美元，代孕者可赚得六千美元左右。

当中有报道指责阿肯夏不孕诊所几乎无异于婴儿工厂。我问派特尔，她对那些批评有何看法，她回应道："全世界的人都会指责我。女人会指责我，男人也会指责我，我才不要因为这样就一直回应这些人。"

她好像是为了证明自己的立场似的，接下来二十分钟都礼貌地回避我的问题。当我再度问她宿舍的事情时，她就直接把我送出了门。不过，像阿南德这样的小地方，即使不用她的帮忙，要查到那些妇女的下落也不是难事。

离诊所约一英里远的僻静街道上，有一间政府的食品配给店负责发放补贴大米给无数的贫困户，店铺对面是一间外观矮宽的水泥平房，被混凝土墙壁、带刺铁丝网和铁门包围着，警方曾将这栋平房当成仓库，用来存放警方突袭时缴获的私酒。（阿南德正如印度古吉拉特邦的其他城市，是一座实施禁酒令的城市。）之所以采取这些安全措施，是为了防止那些贩卖私酒的人妄图取回证物。

现在，这栋平房是阿肯夏不孕诊所两栋代孕者宿舍的其中一栋。在这里，孕母虽非囚犯，但也不能自由离开。这些妇女全都已婚，至少生过一个孩子，她们牺牲自己的自由和身体的舒适，进入印度迅速发展的医疗与生育旅游业，成为孕母劳工，整个怀孕期间都要被关在这里。一位看守的穿着看似官方制服，携带竹杖，在前门那里监视每一个妇女的行动。家人很少会过来看她们，但在多数的情况下，是因为穷得没办法过来。

在这里，户外活动是禁止的，就算只在附近街上走走也不行。要通过警卫那关，她们必须先在诊所预约，或经过看守特别许可才行。她们用自由交换得来的是一笔相当可观的金钱（就其可怜巴巴的生活水准而言），不过诊所的国外顾客都很明白，那样的金额简直就是剥削。诊所的主要顾客都是来自印度境外，阿南德市的其中三家膳宿公寓，经常会被来自美国、英国、法国、日本、以色列的求子旅客预订。

人体交易　　109

我在翻译的陪同下穿越街道,走到那间平房前。接着,我露出友善的微笑,以坚毅自信的走路方式顺利经过守门人。在膳宿公寓的主要住房里,约有二十名穿睡衣的妇女正闲着没事做,她们各处于不同的妊娠阶段,同时在用古吉拉特语、印地语和一点英语仓促地交谈着。慢吞吞的吊扇搅动着死气沉沉的空气,一台电视放在角落里,这是我能看见的唯一娱乐方式,电视上正播放着古吉拉特语肥皂剧。一堆小铁床摆放得有如迷宫阵,占据了这个大小如教室的房间,还有一些铁床散放在走廊上,以及楼上的几个房间。鉴于这里住了这么多人,倒也不算凌乱。每位代孕者都只有几件私人物品,也许少得刚好可以塞进儿童背包里。走廊另一端是一间食品储备充足的厨房,一名兼作居家护士的服务员正在准备午餐,是咖喱蔬菜佐烤饼。

这些妇女看到有访客来,又惊又喜。其中一位告诉我,很少有白人会出现在这里。诊所不鼓励客户与代孕者有私人关系,因为据一些消息来源称,这样等到交出婴儿时,事情会容易些。

我在翻译的帮助下,跟那些妇女说,我来这里是要深入了解她们的生活状况。个性聪明热心、处于怀孕初期的狄可莎,自愿充当发言人,并自我介绍说她其实以前是该诊所的护士。她离开家乡尼泊尔,抛下了两个学龄孩子,来到阿南德找工作。她解释说,她当代孕者赚到的钱,就跟全职照顾代孕者的钱一样多。她要把赚来的钱用在孩子的教育开支上。狄可莎说:"我们很想家人,但是我们也知道,待在这里,可以让想拥有家庭的女人能够拥有一个家。"她说,她和同住在宿舍的妇女每个月可收到五十美元,每三个月可收到五百美元,剩下的生产时结算。

她们都说,一个成功的阿肯夏代孕者可赚得五千至六千美元,如果怀的是双胞胎或三胞胎的话,还会再多一些。(另外两家以外国夫妻为服务对象的印度代孕诊所告诉我,他们会付六千至七千美元。)但若是流产的话,代孕者也可保留流产前收到的钱款。不过,要是她选择堕胎的话（合同允许堕胎），那么就必须赔偿诊所与客户的所有费用。在我拜访的所有诊所当中，没有一位代孕者选择堕胎。

狄可莎是我见过的阿肯夏代孕者当中，唯一一个算得上受过教育的代孕者。代孕者大多来自农村地区，对于部分妇女而言，派特尔每周数次派去宿舍的英语家教，就是她们首次接触到的学校教育，不过，她们到这里不是来学英语的。大多数妇女是看了当地报纸上的广告，才知道这家诊所会付现金给愿意代孕的妇女。

阿肯夏不孕诊所并不是唯一一家把代孕者关起来的诊所，其给出的理由是有助于医疗监测，而且也可以为妇女提供比其家里更好的条件。二十六岁的加州主妇克莉丝汀·乔丹便是因为得知有些诊所会雇用"基本上极为贫穷且完全是为了钱才代孕的妇女"，所以选择了一家德里的诊所，据说该诊所招募的是受过教育的代孕者，而且不会把孕母关起来。阿肯夏不孕诊所的代孕者跟我说，若是她们大着肚子回到家乡肯定会招来不少闲言闲语。但即使如此，宿舍里那些比狄可莎待得要久的孕母，对于这整个安排似乎没有感到很愉快。

我坐在巴娜旁边，她已是大腹便便，粉红色睡衣被撑得鼓鼓的，脖子上戴了一个金的带盒式坠的项链。她的年龄看起来比别人大，神情也更疲累。她跟我说，多年来，这是她第二次在这里代孕。除了偶尔去做产检外，她将近三个月都没离开这栋建筑了，也没人来看她。不过，代孕可拿到五千美元，她做十年的普通体力劳动也赚不到这么多钱。

我问她对整个代孕经历有什么看法，她说："如果流产的话，就没办法拿到全额报酬，我不喜欢那样。"不过，她说能住在这里，不是住在诊所的另一间宿舍，就谢天谢地了。她说的那间宿舍就位于几个城镇外的纳迪亚德（Nadiad），环境没那么好。我问她，交出婴儿后会发生什么事，她回答，剖腹产会让她元气大伤。巴娜说："我会在这里再待一个月休养，等身体好了再回家。"我采访过的代孕者当中也没一个是

人体交易　　111

选择阴道分娩的。虽然在一般情况下，剖腹产对婴儿造成伤害的风险较高，孕妇在生产时的死亡风险也会增加两至四倍，但是医生还是极为依赖剖腹产。毕竟，剖腹产比阴道分娩要快得多，而且可安排时间。

另一位孕妇加入了我们的交谈，她有着深棕色的眼睛，穿着绣了粉红色花卉的穆穆袍。我问她们，会不会觉得交出新生儿是很难的事情。这位孕妇说："或许放弃婴儿还比较容易，毕竟新生儿长得不像我。"

其实阿肯夏不孕诊所并不担心妇女会想把孩子留在自己身边，也不太担心妇女会因不想交出孩子而提出诉讼，之所以要密切监控代孕者，是因为担心有些妇女可能会自己做这桩生意。因为在二〇〇八年时，前代孕者鲁宾娜·曼德尔（Rubina Mandal）认为阿南德的模式是欺诈的绝佳平台，于是开始伪装成阿肯夏不孕诊所的代表，诱骗美国人预先支付体检费用给她。

阿肯夏不孕诊所在其网站张贴了一则警示称："曼德尔女士不是医生，她是骗子，已知她欺骗了多对无辜的夫妻，因此在跟她打交道时，请务必多加留心。此外，曼德尔女士可能会冒用本诊所的名义引诱无辜的夫妻。"警示下方则是一张粗颗粒的黑白照，是戴着黑色项链和头发中分的曼德尔。我可以理解欺诈行为的出现，只不过这种行为实在可恶。代孕的潜在利润很高，因此部分妇女想要分得更多钱。迄今为止，曼德尔仍未被逮捕。

二〇〇二年时，印度让代孕合法化，这是印度政府促进医疗旅游的其中一步。自一九九一年起，印度向资本主义靠拢的新政策生效，私人资金开始流入印度，推动了服务外国人的世界级医院的兴起。在印度可低价孕育胎儿，不会受到政府官僚作风的阻碍，这个消息传开，促使印度代孕旅游业稳定成长。从体外受精到生产的整个过程，派特尔的诊所收取一万五千至两万美元的费用；虽然美国有少数几个州允许有偿代孕，但足月生出孩子的代价却是五万至十万美元不等，而且很少有保险会出这笔费用。德里的代孕顾客乔丹说："印度的优点在于妇女不会抽烟喝酒。"即使美国代孕合同也大多禁止代孕者抽烟喝酒，但乔丹说："我比较相信印度人说的话，美国人比较不可信。"

虽然难以取得较准确的数据，但是现在印度代孕服务每年起码会吸引数百名西方客户。自二〇〇四年起，光是阿肯夏这一间不孕诊所就已经通过代孕者，让至少两百三十二名婴儿诞生在这世界上。截至二〇〇八年，阿肯夏不孕诊所已雇用了四十五名代孕者。派特尔表示，每天至少有三名妇女来她的诊所，希望能成为代孕者。同时，印度的生育诊所起码还有三百五十家，可是自从政府不追踪代孕产业的情况后，已经很难查出实际上有多少家提供代孕服务。

孟买的希拉南达尼（Hiranandani）医院夸口自家有一个规模可观的代孕项目，并训练外部的不孕科医生识别及招募有可能代孕的妇女。医院网站上的其中一个网页宣传着授予经销权的机会，宣称印度各地想创业的生育专家如欲设立有孟买背书的代孕机构，都可以跟院方联络。印度的医学研究委员会角色类似美国食品药品管理局，只是权力小多了，实际上没什么执法能力。据它预测，到了二〇一二年，包括代孕服务在内的医疗旅游产业将可创造二十三亿美元的年收益。德里的不孕科医生阿努普·古普塔（Anoop Gupta）更表示："代孕就是新型的领养方式。"

尽管预测这是一个会大幅增长的产业，但是印度官方并未监管代孕产业。印度政府对于代孕者的诊疗事宜，并未制定具有法律约束力的标准，邦政府或国家当局也没有权力管制代孕产业。虽然诊所（例如阿肯夏不孕诊所）基于经济诱因，会确保胚胎的健康；然而，诊所若想缩减代孕者费用与产后照护以降低成本的话，是没有什么可以阻止他们的，而且出事的话，也没有法规确保他们会负责。

比方说，二〇〇九年五月，年轻的代孕者伊丝瓦莉在哥印拜陀市

（Coimbatore）的依斯沃利生育诊所（Iswarya Fertility Clinic）生产后死亡。伊丝瓦莉干这个是因为二〇〇八年时，她的丈夫木鲁刚看见报纸广告征求代孕者，便要求她签约，好让家里有额外的收入。而伊丝瓦莉是一夫多妻婚姻里的第二房妻子，因此很难拒绝丈夫的要求。虽然她平安度过怀孕阶段，生出一名健康的孩子，可是之后却开始大出血，但诊所却毫无准备，无法处理并发症。当时诊所无法止住伊丝瓦莉的出血，职员叫木鲁刚自己叫救护车送到附近的医院，但伊丝瓦莉在送往医院途中就已死亡。

之后孩子还是依照合约送到了顾客手上，依斯沃利生育诊所更否认有任何不法行为。不过，丈夫向警方报案，说他妻子快死的时候，诊所把责任推得一干二净。最后官方的调查也敷衍了事。我发了封电子邮件试图联络该诊所，等了近半年之后，诊所才终于回信。诊所的某位医生写道，因为孩子的头太大，所以伊丝瓦莉"出现了严重的弥漫性血管内凝血障碍"。这位自称是亚伦·慕瑟维（Arun Muthuvel）的医生又说，尽管医疗团队已输了七瓶血液，并叫来更多的外科医生，却还是救不了伊丝瓦莉的性命。伊丝瓦莉是否能获救仍是一个疑问，唯有彻底的调查才有可能找到答案。可是，没人有权力调查这类的案例，这意味着当发生医疗失误时，患者都得相信医院的说法，即院方是根据最高医疗标准行事的。不过，现在印度议会正在制定法规，以期解决社会对代孕的若干疑虑。议会预计于二〇一一年的年底左右正式审议该法案，但现在还不确定哪个机关要负责执法。

规范监管的责任最终很有可能会落在邦政府的头上，不过究竟是哪个部门可能会负责检查或管制生育诊所呢？我想要找政府里的某个人对此发表一下评论，可是这过程像是在玩一个没完没了的扔烫手山芋的游戏。我前往古吉拉特邦的官僚中心拜访了六次，去了不同的办公室，打电话给三位局长，才终于获得了一个模糊的答案。古吉拉特邦医疗服务局副局长苏尼尔·亚维夏（Sunil Avasia）在简短的访谈中表示："在邦政府层级，没人监管代孕事宜。"

一讲到道德操守，就好像身处于蛮荒的美国西部似的。亚维夏说，法律就别提了吧。"没有规定，"亚维夏对于这个主题只愿意发表如此的评论，"也许你应该跟我的上司谈。"唉，但那位上司根本不回我的电话。也没有人费力去监管代孕合约，保障弱势的代孕者。只要代孕者生出的婴儿有印度政府核发的出境许可证，那么让婴儿取得美国护照就很简单了。

至于派特尔的顾客，他们也把代孕者的住宿方案视为某种保险。来自伯克利的年过四十的艾丝特·柯恩表示："医生跟我说，可以在加州的斯托克顿市找到人，可是我不知道对方在吃什么，在做什么，我很担心对方所处的实际环境。不过，在这里，他们都安排好了，代孕者的唯一目的就是为某个人怀个健康的宝宝。"柯恩与丈夫共同经营承办酒宴的公司，并在周末时教导儿童学习犹太伦理。

我在洛克西（Laksh）旅馆的门厅跟柯恩见面，洛克西旅馆的服务对象是阿肯夏不孕诊所的求子旅客。许多人都经历过价格昂贵且时时担忧的求子过程，这趟印度之旅可说是最后的阶段，在试过一连串失败的生育治疗之后，这是最后一个最佳选择。柯恩努力试着怀孕，试了好几年，在全面的检查后，医生告诉她，她永远无法怀孕，但她也不想要领养孩子。后来，她读了一篇讲述派特尔医生的报道，当即就知道自己想要来阿南德。她说："钱当然是其中一项因素，不过那好像是出于我的直觉，我必须要来这个地方。"柯恩和丈夫决定隐瞒代孕的事情，不让朋友和邻居知道，起码要等两人带了婴儿回家再说。

在美国，代孕者及其委托人在去生育诊所之前必须先建立关系，可是柯恩几乎不曾见过莎拉吉，也就是阿肯夏不孕诊所雇来帮她代孕的妇女。双方只在诊所见过一次面,那次是她丈夫的精子和捐卵者的卵子结合所产生的胚胎植入莎拉吉子宫的数分钟后,而那已经是九个月前的事情了。柯恩返回阿南德已有三天,却还没去看莎拉吉。柯恩说:"诊所希望我们保持距离,他们想要明确表示,这是她的工作,她是容器。"

不过,这就是商业代孕的风气变得扑朔迷离之处。柯恩表示,莎拉吉给她的,是一个人所能给另一个人的最宝贵的礼物,接着她又说:"诊所不会让妇女做代孕者超过两次,因为他们不希望妇女只是容器而已,代孕不该是工作。"

那么,应该如何看待代孕呢?奥普拉让珍妮佛与肯德上了她的节目,这对没有孩子的夫妻什么都试过了,就是负担不起美国代孕制度的代价。最终在派特尔的协助之下,珍妮佛变成了妈妈,一名印度妇女脱离了贫穷,这项交易半是生意,半是姊妹情谊。这些诊所也以如下方式来界定代孕,即坚称妇女提供子宫是出于一种共有的责任感,并不是单纯因为她们需要钱。

我跟孟买一位处理代孕事务的杰出律师阿米特·卡克汉尼斯(Amit Karkhanis),约在一家富丽堂皇的酒店里喝着八美元一杯的咖啡。卡克汉尼斯说,利他主义这种用语使得诊所在谈判孕母酬劳时占了上风。同时,诊所、客户和代孕者签订的合约,对于所提供的服务类型都含糊带过。"是工作?还是做慈善呢?"卡克汉尼斯以夸张的语气问道,一条眉毛扬起,然后给出了自己的意见:"代孕是一种职业,就是这么简单明白。外国人来这里又不是因为喜爱印度,他们来这里是为了省钱。"如果代孕被视为工作,那么代孕妇女为何不能获得按市场行情应得的费用,弥补她们待在医院里的时间?

虽然印度的生活成本和收入潜力远低于美国,但是仍然可以比较这处在东西两个半球的两国的代孕者与诊所的相对费用。在美国,求子夫妻支付的总款项当中，通常有一半或四分之三是付给代孕者的，而阿肯夏不孕诊所的代孕者只会获得总款项的四分之一至三分之一。律师乌莎·史莫顿（Usha Smerdon）——以美国为大本营的领养改革团体Ethica的负责人——在电子邮件里告诉我："代孕是一种劳动形式。但代孕是一种剥削行为，跟西方消费主义驱使下的童工和血汗工厂很类似……有人认为，在这些差别极大的权力互动关系里，代孕者是真正自愿提供服务，而医院是基于营利动机在正大光明地运作。然而，我并不认同这种看法。"

除印度外，世界上只有少数几个国家允许有偿代孕，例如美国、比利时、加拿大、以色列、格鲁吉亚，而且这些国家大多实施严格的规范。法国、希腊和荷兰甚至禁止无偿的安排，而且包括印度在内，没有一个国家认为代孕是一种合法的就业形式。美国将相关法规交由各州自行制定：八个州认可并支持代孕，并要求为代孕者提供健康保护措施与咨询服务；六个州明令禁止；其他州要么将代孕合约视为不能强制实施的合约，让代孕事宜交由法院通过判例法处理，要么干脆就忽略代孕之事。

印度医学研究委员会已构思出代孕指导方针，将针对阿南德和其他地方一些常见的做法提出警告，比方说，以后可能不会再允许诊所从事代孕交易中介。不过，这些作为国家法规起点的规定并不具有约束力，而且还忽略了其他显而易见的伦理问题，比方说，是否可以强制代孕者剖腹产？将代孕者隔绝起来，实施严格的医疗监管，是否违反人身自由这项基本原则？

而受精卵的植入又是另一项棘手的议题。对于健康的年轻女性，美国生殖医学会建议，美国医生在妇女子宫内植入胚胎时，每次只能植入一个，绝对不能超过两个。但印度的指导方针则建议在代孕者身上植入的胚胎不得超过三个。不过，派特尔的诊所却经常一次就放进五个胚胎，因为使用较多胚胎可提高成功率，但也会造成多胞胎，让孕妇面临较高的风险，往往导致早产（采用剖腹产）以及严重的婴儿健康问题。

虽然受孕的成功率是不可能被证实的，但是阿肯夏不孕诊所声称植入成功率达到百分之四十四（此数据跟印度其他诊所的类似），而美国通常为百分之三十一。我在阿南德碰到的代孕者当中，有好几位都怀着双胞胎。若有三个以上的胚胎成功着床，阿肯夏不孕诊所就会选择性地流掉一些胚胎，让胚胎总数减少到可控制的程度。该诊所经常这么做，而且没有经过求子夫妇与代孕者的同意。

至于诊所把妇女关在宿舍里的议题，印度的代孕指导方针也闭口不谈，律师卡克汉尼斯认为这种做法属违法行为，他跟我说："阿南德模式完全是有缺陷的。根据印度刑法，像他们那样关押代孕者是非法监禁。"

代孕指导方针明确指出："应该由夫妻负责通过广告或其他方式寻找代孕者"。但阿肯夏不孕诊所却在当地语言的报纸上到处登广告寻找代孕者，甚至有许多医院已雇用猎头以因应需求。

在位于孟买的气势宏伟的希拉南达尼医院里，凯达·冈拉（Kedar Ganla）医师把我介绍给一位瘦削的女性，她的名字叫做夏雅·帕嘉里，帕嘉里受雇于冈拉医师，负责直接招募贫民窟的妇女。这位四十岁的"医疗社工"（冈拉是这么称呼她的）不安地坐在冈拉的办公室里，支支吾吾地回答我的问题。她的履历贫乏得很，说她是个"招募专员"倒也贴切。冈拉每收下一位帕嘉里介绍的代孕者，就会付给帕嘉里七万五千卢比（约一千七百五十美元）。她跟我说，今年他已经接收了三位。这表示她赚到的钱比她招募的那些代孕者还多。帕嘉里说："我们掮客之间几乎一直竞争不断，都在竭力寻找代孕者。"

阿诺普·古普塔医生做事的方式与其他业者略有不同。他经营着德里体外受精诊所（Delhi‑IVF），也就是我遇到加州顾客克莉丝汀·乔丹的那间诊所。这间诊所的候诊室里充斥着健谈的患者。阿肯夏不孕诊所有着俭朴清苦的氛围，但是德里体外受精诊所无论白天还是黑夜，木板墙和打着明亮灯光的水族缸都散发出安全温暖的感觉，印度的医疗设施往往都缺乏这种气氛。

穿着绿色手术服、戴着蓝色发网的古普塔不停地忙东忙西，少有时间回答我的问题。于是，他让我观察那些川流不息的患者，最远的有从爱尔兰和加州来的，最近的则来自几个街区之外。多数人来这里是为了接受定期的生育治疗，不过古普塔这个月已经至少把七位代孕者列在名单上了。"印度政府让安排领养变得很困难，但通过代孕者让你获得带有你基因的孩子，却是合法又容易的事情。"① 医生一边说，一边把透明的凝胶大量涂在超声波仪器的板子上。他认为，唯一的难题就在于要找到那种不是出于绝望而代孕的女性。这件事他交给医疗统筹专员西玛·金道（Seema Jindal）去处理，她是有执照的社工，也是该诊所的注册护士。她的招募方式像是在传福音一样："我在社交场合碰到女性时，几乎每一个我都会问是否考虑过代孕。"她招募的妇女都是已完成大学教育的，经济情况还算不错，不用依赖诊所付的款项来满足基本生活需求。她说："不然的话，她们怎么知道自己没有被剥削？"

金道表示，在这次访谈的数个月前，她刚好搭了火车前往古吉拉特邦，亲自去打探派特尔的运营状况，一方面是为了搜集那些可能有助于自家诊所获利更多的交易秘诀，一方面是为了仔细查看派特尔的诊所有哪些缺陷。她认为，代孕者住宿方案简直是把妇女当成家畜对待。她们在整个怀孕期间，只做三件事。她说："一是坐着，二是聊天，三是睡

---

① 如笔者在先前章节所述，印度的领养丑闻时有曝光，因此领养规定日趋严格，需要更多的证明文件和文书工作。然而，新规定是否有助于降低领养网络的贩卖情况，仍有争议。

觉，这不太正常吧。"

在金道所招募到的妇女当中，有一位是三十二岁的社工，她的名字叫桑珠·拉那，刚好来这里照超声波。拉那跟派特尔的代孕者并不一样，她受过大学教育，打算代孕期间仍做全职工作。诊所答应付给她七千五百美元，她也有古普塔的直线电话号码。在这期间，已有两个孩子的拉那得知自己竟然怀了双胞胎，非常讶异。她告诉我，她很担心，但还是把两个胎儿怀到了足月。她提及那对雇用她的美国夫妻时说："那对夫妻人很好，一直没有孩子。"

代孕市场就跟其他的人体组织市场一样，把以医疗盈利为底线的利他主义和人道主义捐赠的观点融合在了一起。代孕的医疗程序费用十分高昂，导致许多西方妇女都被排除在外，因此，如果把代孕者市场扩展到印度，肯定能让更多的西方妇女受益。然而，印度这块新市场充其量只是把成本向下转嫁而已。

在印度市场兴起之前，原本只有美国上层阶级负担得起代孕者。现在，已是中产阶级快要负担得起的价位了。尽管代孕总是会引起伦理问题，但随着代孕产业规模的不断扩大，代孕议题变得更具有紧迫性。已经有数百家新诊所准备开业，代孕经济的步调如此快速，人们对于代孕所造成的影响却是了解有限。

新生儿的人体交易市场跨越了领养、捐卵和代孕等令人质疑的行为之间的距离，人们对于生殖和组织幸福家庭这两项的最基本需求，使得这三门生意密切相关。身为顾客的求子父母往往没有察觉到供应链的复杂度，有可能不小心就轻易跨入了危险的领域。这三种因应求子而生的市场以前所未有的速度急遽增长，在人体市场上购买儿童比以往更加容易了。

此时，艾丝特·柯恩也不再没有小孩了。自从我们在阿南德会面后，经过了五周的时间，她的新生儿终于取得了美国公民的身份，获得了美国政府核发的蓝底银字闪亮的护照，以及印度政府核发的不反对申请护照证明。柯恩把烟雾笼罩与乱成一团的阿南德，换成了北伯克利的宁静社区，在那里，她开始迎接成为母亲后的现实。

她与丈夫亚当住的小公寓，现在已觉得太拥挤，这对夫妻期待着搬家。亚当以前每天弹的电子琴，如今闲置在房间一角，房间里被婴儿床和各式婴儿用品占据了。柯恩一边和我聊天，一边把丹妮尔放在自己的膝上颠着玩，丹妮尔是个健康的蓝眼睛小女孩。柯恩说："我们待在印度的日子，好像已经是一千年前的事情了。不过，我们很感激莎拉吉给我们的一切。"

虽然莎拉吉希望能采用阴道分娩，但最后诊所仍选择用剖腹产的方式接生丹妮尔。柯恩回想起移交孩子的情形说："她的眼神流露出一种强烈的情感。这对她而言很困难，你可以看见她有多么关心丹妮尔。"不过，婴儿终究还是必须跟自己的母亲回家。

第七章　血　钱

印度色彩节[①]的前几天,在闷热的印度边境城镇戈勒克布尔(Gorakhpur),一个瘦削虚弱的男人跌跌撞撞走向一群农夫。他的皮肤苍白,眼睛下垂,两只手臂上有好几排紫色的针孔。其实尼泊尔的赤贫情况要比印度更严重,从尼泊尔涌入印度的难民成千上万,而戈勒克布尔正是他们的第一站。多年来,无穷无尽的难民苦难故事已经麻木了农夫的同情本能,在农夫的施舍清单上,吸毒者的排名更低。因此当这个男人求农夫给他钱坐公车时,起初农夫并不予理会,但那男人不死心,还说自己不是难民,是从临时监狱里逃出来的,把他关起来的人抽他的血卖钱。农夫这才放下了原先麻木的情绪,打电话报了警。

过去三年以来,这个男人一直被囚禁在一间用砖块和铁皮搭建的小棚子里,距离农夫喝茶的地方,走路只需要几分钟而已。他手臂上的针孔并不是海洛因上瘾造成的,而是劫持者反复用中空注射器扎他的皮肤所致。劫持者是个残酷无情的现代吸血鬼,但同时也是当地奶农及受人敬重的地主——帕普·亚德哈(Papu Yadhav)。亚德哈之所以监禁那男人,是为了抽取他的血液卖给血库。某次,亚德哈离开时忘了把门锁上,这个男人才得以趁机脱逃。

这个瘦削虚弱的男人带警察前往他被关了三年的地方,那是一栋仓促建起的简陋小屋,夹在亚德哈的水泥房子和牛舍之间。铁门上的坚固门闩,挂着一只铜制的挂锁。警方透过厚度四分之一英寸的铁门,听见

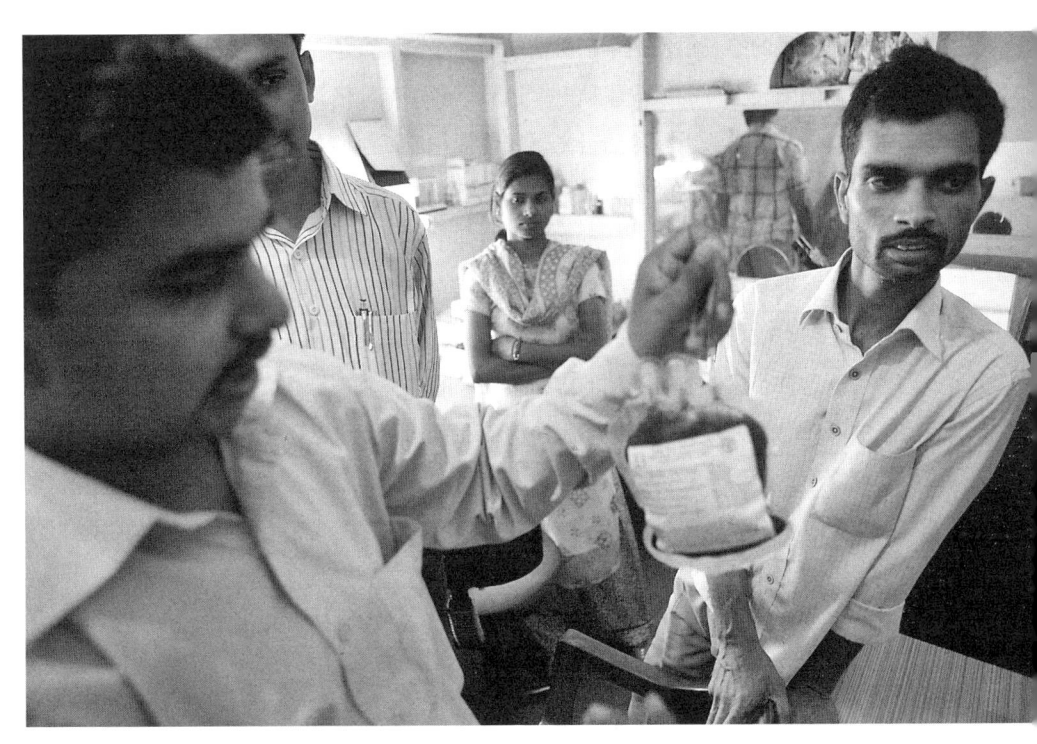

在戈勒克布尔的席拉医院地下室里，实验室工作人员展示着一整袋血液，这是他们前一阵子向当地五家血库之一收得的。拍摄这张照片的一个月前，附近村庄的一位农夫向警方报案，说这里的医院员工绑架他，强行抽取他的血液。

里头有人发出含糊不清的声音。

警方打开门锁,发现了一个简直像是恐怖片里才会出现的病房。静脉点滴挂在临时的点滴架上,患者呻吟着,好像正要从谵妄中恢复过来。五个瘦弱的男人躺在木板床上,几乎抬不起头来,无法向访客招呼示意。屋里的空气很闷热,跟所谓的消毒环境简直是天差地别。太阳照射在他们脑袋上方的铁皮屋顶上,让屋里的热度加倍,有如置身于烤炉里。其中一个男人以呆滞的目光凝视着天花板,他的血液蜿蜒着通过管子,缓缓流到地板上的塑料血袋里。他已经虚弱得无法反抗。

他身旁有一个皱巴巴的尼龙袋,已装了五品脱的量,里头还有十九个空的血袋有待装满。每个血袋上都有看似官方认证的当地血库贴纸,另外还贴有中央监管机构的条码和印章。

而这栋小屋并非唯一的监牢。接下来的数小时,警察突袭了这位奶农的土地上的另外五栋小屋。屋内情景一个比一个糟糕,受害者几乎都是濒临死亡边缘。最后警方总共救出十七人,受害者大多瘦弱不堪,被困在医院核发的血液引流设备旁边。这些遭受囚禁的受害者说,有一位实验室技术人员每周至少替他们抽两次血。还有人说,自己已经被囚禁了两年半。媒体很快就报道了这家血液工厂,其提供的血液占了戈勒克布尔血液供应量的极大百分比,戈勒克布尔的医院之所以能坐拥充裕的血库,全有赖于这家血液工厂。

当晚,警方紧急将受害者送往当地的市民医院治疗。医生说,他们从来没看过这种情形。血红蛋白负责提供氧气给身体各部位,如果血红蛋白浓度过低有可能会造成脑损伤、器官衰竭及死亡。健康的成人每一百毫升的血液有十四至十八克的血红蛋白;然而,这些受害者平均却只有四克的血红蛋白。他们失去了重要的生命液体,濒临死亡,全都皮肤

---

① Hoil,色彩节源自印度教神话,在每年三月的月圆之日举办,寓意冬季过去,万物重生,是印度最热闹的节庆之一。——译者

苍白且因脱水而发皱。值班医生苏曼（B. K. Suman）是当时最先接收这批警方戒护下的患者的，他说："你捏他们的皮肤，被捏的皮肤会一直停留在那里，像是成形的黏土。"

受害者的血红蛋白浓度太低了，但医生同时也担心，要是让受害者的血红蛋白浓度上升太快，可能会出问题。其中一位医生告诉我，受害者的身体已经习惯失血状态，为了让受害者存活下来，必须给他们补充铁元素，并辅以放血疗程，不然的话，受害者有可能会因为循环系统含氧量过高而死亡。

这些受害者在遭到囚禁数周后，就因失血而变得虚弱不堪，连逃跑的念头也没了。几位幸存者在警方面前回忆道，原本这里有更多的人，不过，亚德哈一发现捐血者病重到濒临死亡，就会把他们放到公车上载出城外，这样他们的死亡就会是别人的责任了。

亚德哈保留了一丝不苟的分类账本，记录了他卖给当地的血库、医院及个别的医生多少血量，还记录了对方支付的巨额款项。这些记录也让警方容易了解到整个勾当的运作状况。负责该案的戈勒克布尔副警长维希瓦吉·司里瓦司塔（Vishwajeet Srivastav）表示，根据记录，亚德哈最初只是小商家，只经营乳品生意。刚开始，他会在戈勒克布尔的公车站和火车站寻找毒品成瘾者以及有可能捐血的穷人，那时至少是纯粹的交易行为。

他开出一品脱血液三美元的价码，这笔钱可让捐血人购买数天的食物。卖血虽是违法行为，却也是轻松赚钱的方法。亚德哈轻松就能卖掉血液，迅速获利，一般血型是一品脱二十美元，罕见血型最多可卖一百五十美元。不过不久之后，情况恶化了。随着业务的发展，亚德哈厌倦了在城市的交通站点找人，所以开始为捐血人提供临时宿舍。由于捐血人就住在他的屋檐下，因此他利用胁迫的手段、虚假的承诺和上锁的门来控制捐血人的命运，也就是迟早会发生的事情了。

随着血液生意变大，亚德哈需要帮手，便雇用了前实验室技术人员杰扬·萨卡（Jayant Sarkar）。萨卡曾在加尔各答经营一家地下血液农场，但到了一九九〇年代晚期，他被逐出城外。不过当亚德哈和萨卡两人联手经营时，理所当然地成了该区的一大血液供应商。血液农场的概念跟亚德哈的牧场很类似，正因为两者密切相关，因此他也让牛舍和人舍相邻，以节省空间。

在警方初次突袭行动两个月后，共围捕了九人，包括负责监督采血的实验室技术人员、想赚取额外利润的当地血库秘书、运送血液至戈勒克布尔各处的中间人，以及负责照顾那些血牛的护士。而萨卡一嗅出有麻烦，就成功逃出城外，亚德哈则在住处附近被捕，入狱服刑九个月。受害者在市民医院住院一个月后，才终于返回自己在印度或尼泊尔的家乡。

我们很容易就把惨绝人寰的戈勒克布尔血液农场视为单独事件，认为这种反常现象只会发生在文明世界的边缘，跟其他地方的血液供应并无关联。然而，血液农场的存在，其实恰巧表明了市场里的人体组织流通状况，存在着更为深层的问题。只要有热切的、不关心供应方式或者不在乎人体组织来源的买家，那么血液农场就一定会存在。一旦医疗人员什么也不问就愿意付钱买血，肯定就会有人利用这种情况来将利润最大化。其实，全球的志愿捐血体制十分脆弱，供应量只要稍微受到打击，就可能立即引发像戈勒克布尔那样猖獗的商业化盗血行径。

就在亚德哈获释前夕，我抵达了戈勒克布尔，希望能更了解这座两百万人口的城市如何变得如此轻易就依赖血液农场。这座城市里的诸多过分行为超出了常态的范围，这种情况在印度地区绝对不是个案。

戈勒克布尔地处印度与尼泊尔的边界，岌岌可危，既是充满混乱污染的新兴工业都市，也是印度乡间特有的贫穷之城，仅有一条铁路线和一条维护不佳的道路连接着戈勒克布尔与邦首府勒克瑙（Lucknow）。然

印度戈勒克布尔某家血库的整体血液供应情景。库存量太低，不足以应付那些川流不息前往戈勒克布尔医院看病的患者，令人感到悲哀。为了弥补供应量的匮乏，某位前奶农所组织的犯罪集团开始从公车站绑架男性受害者，强行抽取血液。有些受害者甚至被囚禁了三年多，每周抽血次数超过一次。

而，戈勒克布尔仍是一连串密集村落的中心枢纽，堪称世界上乡村地区人口最密集的地方。在方圆将近一百英里内，戈勒克布尔也是唯一具备都市基础设施的定居点，因此是政府在此设立机构的重要前哨。但是这座城市正处于困境，它无法为乡村的大片田地提供基本服务，此外开发的重要性又很低。这其实是座建立在诸般匮乏之上的城市。

当中最为匮乏的当属戈勒克布尔那些已不堪重负的医疗设施，对于需要医疗的数千万乡村农夫与移民劳工而言，那些医疗设施就是他们赖以生存的生命线。医院往往会补贴医药费，有时还会免费治疗，因此吸引了弱势人群前来。以庞大的巴巴兰姆达斯（Babba Ram Das）医院院区为例，即使坐拥将近十二栋建筑物和救护车车队，仍有一排排农村患者等在大门外，其他大型医院的情况更加糟糕。

超量的患者引发了数个重大难题，尤其是血液供应问题。因为即使是像接生这样的常规手术，也会造成血液需求量增加，这是因为在处理需剖腹产的孕妇时，必须备有至少两品脱的血液，以防出现并发症。而来到戈勒克布尔医院的数百万移民，不是已经生了病，就是身体状况差到无法捐血，能够捐血的理想候选人实在少之又少。

因此，一场完美风暴就此成形，不当医疗与违反道德的行径相应而生。要当地相对较少的人口自愿捐血来补足血液库存量，是不太可能成功的事情，因此医院所剩的选择不多，只能仰赖当地的血液贩子。

从亚德哈的血液农场走约五分钟的路程，就可看到一块蓝白色的霓虹灯招牌高挂，上头写着法蒂玛（Fatima）医院，这是戈勒克布尔五家血库之一。在法蒂玛医院那道由砖块和铁筑成的大门里面，四散着混凝土瓦砾和建筑废料，原来医院正在进行重大修建工程，一片狼藉。不过，血库太重要了，即使在整修期间也不能关闭或不运作。因此，负责资助施工工程的耶稣会教会也特别确保了血库会先完工。不过那就表示现在我得小心避开流浪猫，穿越一堆堆的钢筋、沙土，爬上尚未完工的阶梯，然后才能抵达血液科。

踏进血液科之后，我宛如置身于另一个世界。这个地方摆满尖端仪器，比方说：一台零度以下的冰箱，几乎可储存血液达无限久；数台崭新的离心机，可用于分离血液。这个部门是由吉久·安东尼（Jeejo Antony）神父创办的，他负责经营法蒂玛医院，服务当地教区。可是，就算拥有全世界的高科技仪器，也无助于解决他所面临的主要问题。他跟我说，他们采集到的血液几乎不足以满足这家医院的需求，更不用提市里的医院了。他说，问题在于印度人大多不会自愿捐血。接着又表示，许多当地人都很迷信，认为失去体液会让自己的余生都虚弱不堪。戈勒克布尔之所以开始依赖职业献血者，这种迷信看法便是原因之一。

"亚德哈只不过是代罪羔羊，血液交易的背后有更多人参与其中，不只是像他那样的底层人士而已。"当他听到我提起该案时便如此表示。然后又说："每一家疗养院，每一家医院，都有中介的存在。医生需要用血时，就会安排妥当。"

他领着我在实验室里四处参观，接着带我下楼，前往他那间宽敞的办公室，倒了一杯拉茶给我喝。等我们俩都放松后，他跟我说，他从家乡喀拉拉邦搬到戈勒克布尔，是为了要改善人们的生活，可是，现在他不确定自己所创办的自愿献血库是否真能减轻人们的压力。他说，其实已经有其他人取代了亚德哈那一帮人。警方逮捕亚德哈一周后，对血库的血液需求量上升了百分之六十。不过，一年后的现在，"需求量已下降"。戈勒克布尔没有新开的血库，也并未突然涌入捐血者，总之血液是从某个地方来的。

在印度，合法献血的效果跟这世界上的其他地方略有不同。由于很少有印度人愿意基于纯粹的利他主义献血，因此患者需自行提供献血者，把血捐给血库，以换取手术期间会用到的血液品脱数。一旦患者通过朋友获得血液捐赠的积分后，就可以取得一单位配对成功的血液，供自己的手术使用。理论上，这表示亲友必须自告奋勇前来帮助患者，但是，该制度的实行情况却是大相径庭。多数患者不会要求亲友献血，反倒依赖非正式的职业献血者网络，这些人会在医院门口闲逛，愿意献血换得一小笔钱。

安东尼神父说他无法阻止卖血行为。医院被困在两难当中，拯救手术台上的患者性命，就有可能剥削献血者。站在临床角度来看，患者就要死于手术台时，买血似乎是两害取其轻的选择。他跟我说，这家医院的规模太小，无法吸引半职业的献血人，不过，其实戈勒克布尔各大医院都有半职业的献血人。他说，开始着手调查的好地方，就是亚德哈监禁的受害者被警方救出后，负责治疗他们的那家医院。

戈勒克布尔的市民医院院长帕瑞（O. P. Parikh）医师在这一生中已捐赠了十三品脱的血液，明年年底退休前还会再捐赠四品脱。不过，他说自己是特例，戈勒克布尔市的其他人才不会像他那样热心捐血。帕瑞负责市民医院的整体营运，他说，血液的供应是一直存在的问题。"在这里，大家都怕献血。他们不想交换血液，只想购买血液。"只要一千卢比，相当于二十五美元，就能买到一品脱的血液，所以要找到献血人并非难事。

帕瑞的医院外五十英尺处，就是一长条临时茶铺与香烟小贩，他们又兼作血液掮客。我小心探问一位下排牙齿有槟榔渍的男人，他说，我可以去见丘努（Chunu），那个人是当地的职业献血人。他在送我走之前，还特地警告我："你一定要在血库那里以血易血，他有艾滋病毒，血液不一定会筛查。"五分钟后，我就在医院的后巷里见到了一个身形矮小的蓄胡男人，他用披巾遮住脑袋和耳朵。我跟他说，我需要尽快取得一品脱 B 型阴性血液。

"B 型阴性很少见，现在也很难找到，"他说，"我们可以弄到，可是必须从法扎巴德或勒克瑙送过来。"这两个地区首府距离此处约有一百英里远。他说,付三千卢比就可以安排,这金额很高。我跟他说,我会考虑看看,然后就离开了,而他则继续在医院大门外跟其他顾客讲话。

不过,同一时间在市民医院的血库里则是一幅无助的景象。钢制冰箱里的血袋存量就要空了,只有三袋可用于输血。血库的主任辛格(K. M. Singh)表示:"昨天有人过来,想买血液,我们不得不拒绝。我告诉对方,血液是非卖品,必须献血才能取得血液。对方离开了,不过一小时后,却带着献血人回来。我无法得知他们是不是付了钱给那个人。"

戈勒克布尔的五家血库只能满足一半的需求。患者要负责提供自己的血液供手术用,有时甚至不知道买血是犯法的行为。

巴巴拉赫达斯医院(Baba Raghav Das)的产科病房,堪称戈勒克布尔最大的政府医疗机构,亦是一处把生命带到这世上的凄惨之地。巨大的凸窗上涂了一层半透明的绿漆,大概是为了减少刺眼的阳光,却让混凝土病房里充满病恹恹的光线。病房里约有五十名妇女,她们仍旧穿着从家里带来的衣服,在窄小的病床上等待剖腹产的伤口复原。有的妇女有床可躺,有的则不得不斜倚在水泥地上。

病房里还有数十名新生儿,但说也奇怪,没一个在哭的,仿佛这间如山洞般的病房吞没了所有的声音。一名悉心照料女婴的妇女理了理自己的袍子,接着取出自己的导尿管,让浓汤似的红色混合物流入床下的垃圾桶里。尽管环境看来很糟糕,但是巴巴拉赫达斯医院可以让这些妇女看医生,这是难得的机会。要获得医疗救助,住这种病房只不过是这些人要付出的代价之一。

有一位叫做古丽亚·戴维的妇女,就住在隔壁的比哈尔邦的农村里,她担心自己在生产时可能会有并发症,便跋涉一百多英里的路途来

人体交易

到这里。某位未向她透露名字的医生，总共才花了五分钟的时间替她看诊，然后便说她必须剖腹产。他说，作为预防措施，院方需备有一品脱的血液，患者支付一千四百卢比（约三十美元）的话院方就可安排捐血人。她说："事情很简单，我们甚至不用多想些什么，医生就会安排妥当。"

血液的来源可能是任何地方。

对于捐赠者与受赠者而言，依赖职业献血人都是很危险的行为。本书一开头便提及的英国社会学家蒂特马斯，论述了血液贸易是如何改变西方国家捐血制度的，还预测说，买血行为不仅会创造商业诱因，造成道德标准降低以提高血液供应量，还会降低血库的整体血液品质。他在《赠与关系》一书中，探讨了欧美血库里的肝炎传播情况，还预见了国际血液供应会受到病毒（如艾滋病毒）的污染。根据他的推论，如果血液的交换只仰赖利他主义，则有可能助长人体组织交易的黑市。此外，他还说经济诱因有可能会让人们被迫做出不负责任的医疗决策，而他的这一点观察也很正确。

例如我在市民医院外头碰见的卖血者，只要能赚到一点点现金，就愿意把据传感染艾滋病毒的血液卖给过路人。因此，也就不难预见血液供应监管的失败有可能会助长流行病的扩散。

直至一九九八年，卖血在印度地区不仅是合法行为，而且也是主流职业，背后有强大的工会和商业捐赠者权利组织支持。不过当印度转向全面的自愿捐血政策后，血液价格便开始高涨，从一品脱五美元涨到将近二十五美元，对于许多一般患者而言，简直是高不可攀的天价。虽然法律规定买血属于非法行为，但是印度政府没有能力建立替代的制度，缺血问题扩大到所有依赖稳定供血的医疗产业。血液成分——包括红细胞以及用于阻止血友病患者失血的凝血因子——的需求量呈现爆炸性的增长，迫使印度最后不得不开始每年从国外进口价值七千五百万美元的血液成分。（奇怪的是，这些血液成分有许多来自美国捐血人。美国是全世界最大的血液出口国之一，其血液出口产业每年总收入高达数十亿美元。）

印度的问题并不是缺乏可管理医疗服务买卖的法律规定，而是在以符合道德的方式或规模采血来满足印度的血液需求量方面，几乎毫无计划可言。合法授权和警方优先事项之间的真空状态，造成医疗黑市趁机兴盛起来。

戈勒克布尔的自由放任市场，只是极端的例子，展现了世界范围内私人医疗与公共医疗之间的根本冲突。美国从罗斯福新政的公费医疗制度，转型到二战后占主导的营利模式时，也发生了极为相似的情况。

美国在一九五〇年代以前，多数医院是慈善机构，往往隶属于政府之下。医药费是由政府自掏腰包全额支付，或予以巨额的补贴。营利性医疗与私人保险并行的时代，要等到艾森豪威尔总统执政后才开始。不过，医疗机构已经知道有些人宁愿支付额外的费用，获得更精细的照护。大型公共医疗机构大多雇用一般从业人员，私人医院则雇用拥有先进知识——先进的知识就是稀缺商品——的专科医生，并开始取代了公共机构。

血液供应的状况也经历了类似的管理变动。二战期间，前线士兵需要大量血液，以促进伤口痊愈。但是全血①很容易腐坏，在跨大西洋的航程中无法保存。为了寻求替代方案，红十字会促进了离心机技术的普及，让红细胞从血浆中分离出来。虽然血浆不含血红蛋白，但是在手术期间，患者的循环系统就能获得所需的血浆血量，而且在治疗流血的伤口时，这种血浆也是关键因素。同样重要的是，血浆的保质期比全血

---

① whole blood，意指未将血液中血小板、白细胞、红细胞等分离的血液。——译者

人体交易

长,而且在长途的海外航程中,完好保存的机率也更高。这种血浆让美国人自愿捐赠大量血液,美国国民更觉得捐血是为了拯救前线士兵的生命。美国与英国本土在战争期间对援助军队所做出的努力,让蒂特马斯有了灵感,他写道,在国家面临存亡关头时,捐血者通过捐血行为拥有了使命感和团结感。[1]

在战争期间,外科医生在动手术时已习惯有大量血液备用,因而发展出更复杂的外科技术,外科领域获得了大幅的改进。到了战后,血液需求量仍居高不下,这是因为医生把战场上学到的知识应用在民间。不过,少了战争这个因素后,就难以维持高库存量,因此美国需要更有效的采血制度。

一九四〇年代至一九六〇年代期间,有偿的采血中心与无偿的自愿捐血处不稳定地并存,而且有着很明显的阶级差异。有偿的采血处大多设立在贫民区,而自愿捐血处则是在教堂举办捐血活动,并在市区里比较体面的好区设立迎宾中心并维持运作。在品质方面,也有明显的差异,有偿捐血人是基于金钱动机才卖血,并不在乎自己的血液是否安全,只在乎捐血后会收到钱。此外,采血处对于清洁度也很马虎。蒂特马斯指出,有偿捐血人的血液传播疾病发生率较高。

他写道,那些依赖营利性血库的医院,经由输血促进了肝炎的传播。在人们自愿捐血的情况下,肝炎案例大幅降低。当时负责报道血库的记者指出,营利性捐血处环境十分简陋,有时是泥土地面,墙壁摇摇欲坠,"地上爬满了虫"[2]。这类捐血处的重心在于采血,而不是捐血者的健康状况。

即使营利性血库卖的是受感染的血液,也是在赚钱,可是品质的差

---

[1] 二〇〇一年九月十一日,数万名美国人一起登记捐血,人数多到医院不得不将人拒之门外。现在,九一一周年纪念时,全美各地医院都会举办盛大的捐血活动。

[2] Richard Titmuss, *The Gift Relationship*, 160.

异引起了医生的注意。在部分城市，医生对于受感染血液所带来的风险感到忧心忡忡，便开始指示医院只购买自愿献血的血库的血液。当然，营利性血液中心也察觉到这种做法会危及其经营模式，于是开始反击。私立的血库有计划地控告医院违反美国的反托拉斯法，他们主张血液是公开买卖的商品，因此自愿捐血构成了对原料的不公平竞争行为，显然，医生的临床决策使得患者健康与公司利益产生了冲突。

最有名的案例就是一九六二年的堪萨斯城案，当时有两家商业血库把官司打到了美国联邦贸易委员会那里，并打赢了，因此非营利性医院开始被禁止使用自愿捐血者的血液。在判决书中，医院若继续依赖较安全的血液供应，一天就要被处以五千美元的罚款。联邦贸易委员会所做出的多数裁决中指出，非营利性的社区血库（Community Blood Bank）以及医院、病理学家和医生，"非法地共谋，以阻止全体人类血液的贸易"。

接下来的几年里，美国医学学会与美国联邦贸易委员会先前的判例进行了反复的斗争，最终推翻了该项判决。不过，医界许多人仍惦记着之前的裁决，他们提出警告说，医药的私有化会在其他的人体组织交易市场造成类似的问题。他们忧心，商业压力会诱使医生提供不必要的治疗。

在堪萨斯州的血库争取销售商业献血人血液的权利的同时，阿肯色州的惩教署则跟制药公司和医院签订协议，销售从囚犯身上取得的血浆。这项方案有助于补贴监禁囚犯的费用，还能增加阿肯色州的血液供应量，可是没想到最后付出的代价却很高。因为在监狱体制里，几乎没有动力去筛查捐血者的血液品质，于是在实施该体制的三十年间，阿肯色州的血液造成了肝炎的爆发，也促成了艾滋病毒的早期传播。阿肯色州血液的最大买家之一是加拿大的一家血液供应公司，这家公司隐瞒血液来源，借以增加血液销量。而世界各地的买家在不知道血液来源的情况下，进口了带有疾病的血浆，受感染的血液最远遍及了日本、意大利、英国。

最后，美国与加拿大限制了这种做法，而且终于在一九九四年，也就是禁止器官贩运的统一法通过将近十年后，阿肯色州成为美国最后一个明确禁止贩卖囚犯血液的州。根据后续调查的保守估计，光是加拿大境内就约有一千人经由受污染的血液感染了艾滋病毒，另有两万人罹患丙肝。

如果从世界其他地方的情况来看，戈勒克布尔发生的事情其实并非反常现象，而是重现早期的血液丑闻。当某个地区缺血时，很容易就会发现缺血问题已蔓延至整个医疗体制。即使在亚德哈犯下一连串罪行之后，极端的缺血状况也足以诱使其他类型的犯罪计划兴起，借以提高整体供应量。今日，问题不单单发生在上锁的门后面，也会发生在大街上。

古丽亚·戴维生孩子的那家公立医院，起码要看起来合乎规范一些。然而，私人诊所可就没有这样的限制了。戈勒克布尔只有三家公立医院，民众要是有一点钱，想获得更快（但不见得更好）的医疗服务时，就可以去私人诊所看病。

戈勒克布尔的医疗基础设施像是个大杂烩，掺杂了不公开的秘密诊所以及私立医院，宣传廉价药物的广告一排排地贴在每一个街区，如藤蔓般攀上交通标志杆和路灯。从绝对数量来看，戈勒克布尔售卖的药物数量超过了新德里。这是由于戈勒克布尔邻近尼泊尔边界——而尼泊尔的医院比印度的更糟糕，因此走私者和患者会携带大量药物回到尼泊尔。

不过，公立医院提供的医疗服务大同小异，私人诊所的品质却有着天差地别。声誉优良的诊所门外，包着头巾的农夫及其瘦弱的妻子大排长龙，甚至长到要绕着街区蜿蜒下去。他们会排上一整天，只为了等来受人敬重的临床医师看病。至于其他的诊所，常常就连一天要吸引到一位患者都是困难重重。因此可以想见在许多情况下，有可能为了抢患者而诉诸暴力。

凯达·奈斯就是个典型的例子，他一生中大多时间住在喀瓦汉（Kutwahan）这个小村子里，在一小片土地上种植稻米、芒果和香蕉。六十年来的辛勤劳作，使得他的脸庞历经风霜，布满皱纹。他的三个儿子都已经前往遥远的孟买当建筑工人，每个月会把一小笔钱寄回家乡贴补家用。奈斯生活节俭，还会储存东西，以备将来老得无法耕作田地时使用。我跟这位饱经风吹日晒的农夫会面时，他扎着白色的长缠腰布，戴着被太阳晒到褪色的头巾。他的双手因老迈而多瘤节，眼神却充满生气有如年轻人。

他身体有很多毛病，每个月都要坐破旧的公车去戈勒克布尔一趟。他的医生查克拉潘尼·潘迪（Chakrapani Pandey）经常在美国巡回演讲，但他一生都在致力于服务穷人，还在戈勒克布尔市中心经营一家诊所，大量补贴穷人的医药费。他是戈勒克布尔最受人敬重的医师之一。每天早上，在诊所开门营业的三小时前，患者就会开始排队，等候接受他的医疗服务。

二〇〇九年三月的某天，奈斯照例在公车站搭了电动三轮黄包车要去潘迪的诊所，但没料到司机另有盘算。待奈斯一坐上后座，两名牙齿有槟榔渍、表情凶狠的壮汉便跟他说，他们要带他去看更好的医生。他们跟奈斯说："潘迪不知道自己在做什么，席拉医院的医生更好。"当他试图反抗时，那两个男人抓住了他的手臂，压制住他。奈斯大喊救命，但没有人听见。

席拉医院跟许多新设立的私人诊所一样，专为离乡背井的劳工提供医疗服务。医院有四层楼，内有候诊室和手术室，提供各种综合医疗服务，不过也跟戈勒克布尔的其他地方一样，经常发生血液不足的状况。

人体交易

奈斯说，他被拖到医院前的水泥坡道，最后不得不进了医院，在柜台付了费用。然后，那两个男人把他拖到一间有铁门的隐秘小房间里。他一脸气愤地说："那里有四个男人，他们分别压住我的四肢，我无法反抗。"其中一位助手把针插进他的手臂，然后把一品脱的血液抽到了玻璃容器里。抽血完毕后，他的白色长缠腰布沾了血，接着他们给了他一张治疗尿路感染的处方签，就把他丢到了街上。他因为一直奋力逃脱，加上过度失血，所以呈现半昏迷状态，将近一个小时后，他的脚才有了力气。等他终于站了起来，就叫了黄包车，前往潘迪的诊所。

身材魁梧、表情和蔼的潘迪，坐在巨大的铁桌后面，天花板上的灯靠一条细细的白色电线悬挂着，那灯的高度低于他的眼睛。房间内唯一的奢侈品就是一台巨大的冷气机，猛吹出冷风，让诊所的温度接近北极。我一提到奈斯的名字，潘迪就脸色一沉，压低声音。

"你看到诊所外面大排长龙了吧，在戈勒克布尔，每一个人都知道我是很受欢迎的医生。但是，我一天至少要损失三名患者，我的患者被其他医院的中介拉走，那些医院想要增加业务量。"他还说，戈勒克布尔的医院不仅在血液供应方面相互竞争，还会争夺尚有余温的患者尸体。他们雇用计程车司机和手段不高明的恶棍监视其他诊所，把患者带去那些付佣金的医院，有时会用暴力手段胁迫患者去。他说，有一次他还抓到了一个中介，对方跟他说，如果找到了可能付给医院大笔费用的痛苦患者，佣金最高可达三千卢比，相当于七十五美元。这一大笔钱足以让坐计程车这件事变得危险重重。

"奈斯碰到的情况是血被偷了，但谁知道那些人还会做出什么事呢？"他问。或者，说实在的，还有哪些罪行是以医学的名义犯下的？

第八章 临床劳工小白鼠

我是勃起功能障碍界的查克·叶格①,或者可以说是众多叶格中的一位。

二〇〇五年夏天,我刚从威斯康星大学麦迪逊分校的人类学研究所毕业,微薄的助学金就要用光了,我不仅没保险,又欠了学生贷款。对于像我这样以及美国成千上万的学生而言,要轻松赚一笔钱,其中一个方法就是报名参加药物试验,成为小白鼠。而麦迪逊便是美国为数不多的主要临床试验中心之一。要把我的身体租出去很容易,只消浏览地方周报的分类广告栏,伴游和征婚广告旁边就是了。

这份差事跟卖淫很像,现金实在诱人,三千两百美元啊,至少科文斯(Covance)在自家网站广告上是这么说的,似乎是一笔好买卖。科文斯是一家当地的合同研究机构(CRO)②,代表各大制药公司进行临床试验,我只要当小白鼠几个星期,赚的钱就能抵过以前工作三个月的薪水。要试验的药物是重组伟哥配方的新剂型,而伟哥是史上最热卖的药物之一。

当时,研发出伟哥的辉瑞制药完全掌控了勃起功能障碍市场,但拜耳制药也想分一杯羹,于是便稍微重组了伟哥的配方,推出了勃起促进剂。业界称这种药为"同质药(me too drug)",其基本药理特性跟市面上既有药物相同,但当中的差异,又足以另行申请专利。不过,即使是同质药仍需清除法规上的障碍,因此拜耳药厂雇用了科文斯这家研究机构进行临床试验。在经过简短的筛选过程后,科文斯雇用了我和另外三十个男人,花四个周末的时间一起在实验室吞下大剂量的阴茎增硬剂。

当然了,他们会付钱给我,但临床试验并不是完全安全。二〇〇六年,有八个人自愿参加了为期一周的TGN1412研究,TGN1412是一种正在实验中的用于治疗类风湿关节炎和白血病的药物。但在服用第一剂的数分钟内,便有六个男人呕吐,接着失去意识。伦敦北威克公园医院(Northwick Park Hospital)的工作人员赶紧把他们送到创伤中心,多位医师确认是多重器官衰竭症状,虽然最后救回了他们的性命,但药物已不可逆地造成他们的免疫系统受损,其中一人甚至失去了脚趾和手指,还有一人最后罹患癌症,可能就是TGN1412引起的。

一九九九年的费城案例,危险程度就更高了。当时杰西·盖尔辛格(Jesse Gelsinger)正在接受第一批鸡尾酒基因疗法,可是五天后就死亡了,年仅十八岁。基因疗法给出了令人兴奋的前景,它针对患者基因组成里的特定变异,将坏基因换成好基因,从而与遗传疾病做斗争。假如该药物起效,就等于是向革命性的全新医疗领域跨出了第一步。然而,他的死亡造成了寒蝉效应,媒体把整个基因疗法领域判了死刑,大有可为的科学研究方向也因大众的怒气而就此告终。他的死亡同时也震惊了美国食品药品管理局和投资者,足足十年后,才有另一个基因疗法临床试验向前迈进。那次试验引起的余波,让当代所有其他的实验都受到影响,也造成新药研发的危险度增加。要是药物研究出了问题的话,不但会有人死掉,就连数十亿美元的投资也会突然间付诸流水。

不过,一剂配方重组的伟哥似乎没那么危险。毕竟,世界各地已有

---

① 全名为查理·艾伍德·"查克"·叶格(Charles Elwood "Chuck" Yeager),一九二三年生,美国空军少将退役,是史上第一位突破音速的人,被认为是二十世纪人类航空史上最重要的传奇人物之一。——译者
② 生物医药研发外包的简称。——译者

数百万人在使用伟哥。当我第一次去城外一座外观低矮的独栋综合建筑报到时，我穿过气闸，一位护士帮我签到，告诉我要把包放在哪里，然后往我的脖子挂上带照片的身份牌。我穿过充满强烈乳胶味和消毒水味的走廊和公共休息室，经过一些三十几岁的男人身边，他们是参加另一项研究的人，臂弯里有沾了血的小片纱布，绷带看似微缩版的日本国旗。

一小时后，最后几位参加艾力达试验的人终于到了，护士长召集志愿者进入餐厅，说明宿舍规定：

一、上厕所前需经许可。因为膀胱里细微的变化，可能会影响艾力达的代谢率。

二、抽血时要准时出现，不容许有例外。一天要抽血十九次。

三、禁止喝酒、性交、摄入咖啡因、吸毒、看色情片、做运动。其实，除了让身体处理药物外，我们实际上做得愈少愈好。

四、若有任何异常的副作用，应立即呈报。

"基本上就是一个喂食和抽血的研究，"护士这么告诉我们，"我们要研究药物会停留在你们的体内多久，我们不用知道你们是不是有……嗯……我们不用知道药物是否达到预期效果，除非发生不正常的状况。"我们认为背后的涵义是，她不在乎我们是否勃起，这让我们松了一口气。说明结束后我们陆续走出去，我坐在一台巨型电视机前的沙发上，跟参与同一研究的其他成员握手问好，发现至少有一半的人是靠药物试验维生的。

其中一个职业小白鼠叫法兰克，他是个四十四岁的退伍军人，从佛罗里达州搭巴士来这里，参加过的临床试验将近五十个。他穿着蓝色的运动裤和褪色的冠军T恤，这套制服是舒适性胜于时尚性。他跟我说，

人体交易　　141

通过试验的诀窍在于,对于微不足道的不舒服,要保持冷静。如果问题变得很严重,你自己自然会知道的。

他告诉我,有一次,他看见某个人在第一次抽血时就陷入恐慌。那位试验对象开始大喊说,鸡尾酒实验疗法让他的手臂发烫,他想要出去。护士当场给了他选择离开的权利,只不过他的津贴必须没收。最后,那位患者跑掉了。不过,法兰克决定坚持下去。这么轻松就能赚到的钱,他才不要放弃。他们帮他注射药物,他的确也有发烫的感觉,就跟他前面的那个家伙一样。可是,他没有陷入恐慌,心甘情愿地承受。

没过几天,医生取消了研究,把化合物送回实验室重新配制。"觉得好像是不正当的买卖,坚持下去的人只在诊所里待了几天,就拿到了三十天的研究费用。"他这么跟我说,还露出得意的微笑。他不知道自己的身体部位是否有受损,但是坚持下去的回报,就是八千美元轻松入袋。

如果这样是不正当的买卖,那么又该算是何种不正当的买卖呢?在药物试验中,试验对象的工作方式与传统方式不同,甚至有许多人在谈及自己接受的实验时,都是当成意外之财看待。不过,虽然他们并没有在积极工作,但是这并不表示他们没有提供有价值的服务给药物公司。这些接受试验的小白鼠所提供的产品,虽然不是来自体力或脑力上的努力,却也可能很危险,同时又很耗时。社会人类学家凯瑟琳·沃尔德比(Catherine Waldby)和梅琳达·库伯(Melinda Cooper)也曾仔细思索这个议题,最后发明了"临床劳工(clinical labor)"这个词,用来描述法兰克这种人为了维生而从事的不太像工作的工作。但要是没有他们的宝贵贡献,整个制药产业就会停滞不前。

可是如果站在制药产业的官方立场来看,其实不应该有临床劳工的存在。自愿参与药物研究,也和世上所有其他的人体市场一样,都掺杂了利他主义和营利表现。虽然制药公司心不甘情不愿地补偿人们在临床试验里所耗费的时间,但也一再重申当小白鼠并不是工作,而是捐赠行为。

不过，这阻止不了美国近一万五千人参与药物试验，以赚取他们的大部分收入。美国国税局也不把这件事视为问题，乐于对公司所支付的现金征税。

这种参加药物试验的工作方式，不同于在血汗工厂里工作、提供会计服务或卖淫，一般而言，试验对象其实什么事情也不用做，制药公司只不过是租用他们的身体，研究人体代谢过程。实验室付钱买试验对象参加试验所耗费的时间，并针对受试者的身体健康有可能面临的严重风险给予补偿。

而站在数据质量的角度来看，依赖职业小白鼠是一个大问题。为获得最佳结果，医生必须尽可能剔除许多变量，如果试验对象参加完一个试验后又接着参加另一个的话，体内会累积一堆不明的实验性化合物，那么这些变量就会造成问题。长期参加各种药物试验的小白鼠，其体内有可能会变得习惯于处理药物，以至于免疫系统可能会产生一般人不会有的怪异反应。因此，在理想的环境中，受试者先前应该很少或根本未接触过药物。在最理想的药物试验中，受试者要完全未接受过治疗，真正达到毫无病史可言的程度。受试者的药物治疗记录愈空白，制药公司就愈能够把他们身体内数据化为金钱。

职业小白鼠通常把个人利益放在数据的前面，这种自我保护的意识有可能会影响到试验结果的准确度。受试者试图通过不服用药物或者马不停蹄地参与多项试验来耍弄这个系统。太多虚假的药物交互作用，试验有可能必须从头开始。①

---

① 如需了解有关临床试验生活方式以及药界对治疗资料的偏好，请参阅卡尔·艾略特（Carl Elliott）开创性的著作 *White Coat, Black Hat: Adventures on the Dark Side of Medicine*（Boston: Beacon Press, 2010），内有完美的分析内容。他在书中分析药物产业庸医、职业的实验室小白鼠以及腐败的医生，读完后，您会对吃进体内的药品更为谨慎。

与此同时，药物受试者也处于两难的处境。临床试验本质上是危险的工作，而试验中心很难找到自愿受试者列入候选名单。真正出于纯粹利他主义的志愿者，是十分罕见的。可是，付现金的话，就表示职业受试者的出现几乎是无可避免的。替代方案就是回到早期招募试验对象的模式。从二次世界大战到一九七〇年代之间，估计有百分之九十的药物是首先在监狱里试验的。一讲到志愿工作，囚犯的选择并不多，不是要做重体力劳动，就是当实验室的小白鼠。在监狱的环境里，制药公司可密切监视囚犯的一举一动，也可以仰赖州政府，避免囚犯作假。

当时，这些严格的科学实验计划促使药物研发进入全盛期，数据高度精确，而且支出的成本比现代药界低很多。不过，这样的方式最后让囚犯权益运动人士终结了。社会运动人士将囚犯药物研究的危险程度比作一九三〇年代至一九七〇年代间的塔斯基吉（Tuskegee）梅毒研究，当时塔斯基吉梅毒研究是在试验抗梅毒药物的功效，而医生故意不治疗由非裔贫穷久病者构成的一个对照组。当法律禁止把监狱当成试验地点后，制药公司失去了可试验人体的整个大本营，不得不改变研究策略，放弃胁迫手段，改为提供激励。

因此，提供有偿服务的志愿者取代了囚犯。不久之后，一整个阶层的民众——多半是蓝领工人、刑满人员、学生、移民——发现药物试验是迈向经济独立的途径。这种情况使得制药公司陷入了不自在的处境。

人类学家亚卓安娜·派崔娜（Adriana Petryna）曾在文章中引述某位资深药物测试招募专员的话，指出招募是一个长久存在的问题："我没遇到过真正掌握诀窍的人。有时很幸运，很快就能找到受试者；不过，大部分的时候真的很难找到受试者，而之所以很难找，是因为大家都在找。"[1]

---

[1] Adriana Petryna, "Ethical Variability: Drug Development and Globalizing Clinical Trials," *American Ethnologist* 32, no. 2 (2005): 185.

在药物试验的公共休息室里，法兰克跟我说，他在这行是真正的老手。他身材高挑，一头乱蓬蓬的黑发，此时他接受的临床试验已近结尾阶段。他跟我说，要把临床试验当成职业的话，诀窍并不是就这样老实做下去，其实从迈阿密到西雅图沿途有许多试验中心，小白鼠会像季节性的劳工般迁徙。他说："理想情况下，小白鼠每隔一个月争取一次试验，这样就有时间让体内的药物排出来。如此一来，你就有三十天的安全间隔，万一发生预料之外的相互作用，还有缓冲时间。"此外，职业小白鼠（多半是前罪犯、非法劳工或学生）从事这行都是为了很快能赚到钱。

他还特别强调一件事："如果要一直做这行，就必须照顾好静脉，不然看起来会像是瘾君子。"一副毒虫样肯定就没办法加入日后的试验研究。他跟我说，皮肤上的针孔处要涂抹维生素 E，能加快愈合速度，还要尽可能让手臂轮流打针。"第一次埋针的时候，真的很痛，不过埋针埋到第三次到第十次时，就不会在乎了。到参加试验的一年后，你就会想把抽血者的针抢过来，自己动手。若是碰到实习生，你根本不用多想啊，他们肯定会像剃刀一样划你。"对于全职受试者而言，静脉就是摇钱树。要是没有静脉输送药物到法兰克的循环系统，法兰克就无法赚钱维生了。

我把他的话牢记在心里，在这项试验的第二天早上六点四十五分，服用完第一剂药物后，我觉得自己已经完全做好准备了。他们给了我一小碗玉米片和全脂牛奶，要我十五分钟吃完，然后跟一小组人一起排队。这项艾力达的试验分成三个组别，分别是安慰剂组、中剂量组、高剂量组。我与法兰克对望，对他微笑。他以纯熟的自在看着护士站，有如赛车手在分析车道。

扎针的过程很顺利，上早班的年轻漂亮的护士送我去护士长那里，护士长脸色阴沉。她坐在桌子旁，而站在她右手边的人手里拿着手电筒。这两人前方是一张蓝色纸巾,纸巾上有一颗药丸,还有一杯水。

"把药丸放在舌头上,一整杯水喝下去,药丸一定要吞进去。藏在嘴巴里的话,就会失去受试资格。"我在此时领会到,法兰克可能会有锦囊妙计,可以顺利通过这类试验。我吞下药丸,那女人用手电筒检查我的嘴巴,还要我转动舌头,好确定我已经吞下药丸了。

目前的艾力达配方分为二毫克、五毫克、十毫克的剂型,以及最猛的二十毫克的剂型。而我吞下的则是三十毫克。高剂量是为了试验人类耐受度的上限,以确保服用药物的数百万人不会中毒。就小白鼠而言,试验中毒的极限就是此试验的要点所在。也许三十毫克已经足以让某个人的阴茎下垂,没人想要遇到这种事。

之后当我跟法兰克碰面时,我便问他有没有服药。他跟我说,职业老手绝对能够藏药,但是就我们所服用的药物而言,并不值得冒险藏药。

"同质药是最安全的药物,没什么好担心的。"法兰克说危险度很低,我几乎就要相信他的话,只不过是把伟哥的配方稍微改一下,而且伟哥和艾力达其实都是让阴茎里的血流量增加的药物,会有什么危害呢?

一种药物要取得核准的话,必须通过三个阶段的临床研究试验。最危险的是第一阶段,一小组志愿者会服用大剂量的实验药物,以测试药物对健康患者所产生的毒性,这个阶段代表着医生可开出的剂量之上限。第二阶段则是以人数稍多的病患为对象,测试药物对治疗某一具体症状所产生的效用。最后是大规模的第三阶段试验,这是最安全的阶段,用于决定药物的临床应用效果。职业的受试者通常都会选择最危险但收入最多的试验。

在麦迪逊所进行的试验就是第一阶段,而我也在没多久后就知道在我身上测试的是人类对于勃起互作的耐受度上限。不到一小时，我的头就开始抽痛，好像脑袋从中间被劈成两半。我躺在床上，把灯光调暗。要找出最大允许剂量，就表示临床医师必须经常游走在安全边界，小心地增加剂量，而且只有在进入危险区后，才会调低剂量。走廊里，无情的日光灯底下，我听见有一个实验室小白鼠在呕吐。他对着马桶吐了半小时，有机玻璃后方的护士监看他的状况。

他要护士给他一颗布洛芬，但是护士通过对讲机说，在给药之前，必须先取得上司同意，她不想影响数据的准确度。三个小时后，头痛药的许可才终于下来。

在这项研究中，只有两个人没有头痛，因此使用此勃起功能障碍药物的实际上限必须低于三十毫克。现在候诊室里充满了头痛又勃起的男人，头痛和勃起可实在不是特别性感的组合。

照计划，我接下来还有两个周末要回来参加试验，但是等我走到大门出口，一位护士却递给我一张支票，上面的金额变少了，她说，接下来两周，他们不需要我了。这是因为我身体提供的数据不符合他们的标准？还是因为他们希望美国食品药品管理局的官方归档记录上，不会有那么多患者表现出头痛欲裂的症状？总之，他们没告诉我原因，但我还是收下了支票。该项试验结束后，法兰克写了电子邮件给我，他说，如果想要收到全额款项，有时最好不要承认自己的症状。法兰克顺利完成了试验，获得全额款项，南下至迈阿密，在夏末度了一个月的暑假。

我不禁忖度，自己是不是真的想要依赖勃起功能障碍药物的测试来赚钱维生呢？虽然有风险可能很小的时候，但除了支票和头痛，我还能从中获得什么呢？还有，在市场上推出另一种伟哥仿制品，究竟有何意义呢？

离开了临床劳工的工作后，我回到了没保险没工作的世界，开始找别种赚钱谋生的方式。我就跟所有的实验室小白鼠一样，一旦身体代谢

人体交易

完药物后，就尽完了职责。我开始思考要不要去印度工作，我有硕士学位，或许可以为学生开设国外课程。

结果，我发现，想在国外找工作的人不止我一个人。

尽管有测试准则的存在，意味着市面上的药物是安全的，并且经过了尽可能彻底的审查，可是，获得核准的过程通常既漫长又昂贵，随随便便就有可能要耗资十亿美元，而最终能否获得核准，仍是未定数。

虽然像伟哥这样的畅销药或精英级癌症疗法等，轻松就能弥补大笔投资金额，但是欧美地区的药物试验成本还是让药物研发公司倍感压力。尤其在没有囚犯作为试验对象后的二十年间，药品行业对于增加的费用更是感到厌烦。

一九九〇年代，新时代开始了，生物科技初创公司大笔投资以及在国际证券交易所公开发行证券，使得制药产业成为高获利、高风险的轮盘赌游戏。有愈来愈多的生物科技公司与药物研发公司由成员拥有MBA学位的董事会而不是关心患者治疗效果的科学家与临床医师领导。投机的投资者可用便宜的价格买下股票支持公司，等待大有可为的临床试验结果在一夜之间将公司股票价格翻倍，然后让投资人赚得数百万美元。即使在之后的监管阶段发现药物最终是个没用的废物，钱也早就进了投资人的口袋。

这种首次公开招股的心态，意味着药物的救命性质也需要算上营利表现才行。降压药和血压调节器以及勃起功能障碍的疗法迅速发展，与此同时，其他利润较低的研究领域所能募到的资金却越来越少。

一九九〇年代有如此多药物试验在进行，以致制药公司发现自身的能力已无法应对及消化工作量，它们需要专业的协助，以因应其对药物数据的需求。原本制药公司都是在内部进行所有的研究，并接受大学医院或研究医院的监管，但后来有许多独立的合同研究机构兴起，它们将以利润为重的管理技能以及复杂的临床技能结合在了一起。这类研究机构有能力提供产业级的临床试验，并擅长大规模的市场试验。最终，科学家所要做的就只有构思概念并拟订测试方案，接着，像费城的Premier研究集团或威斯康星州麦迪逊的科文斯公司等机构，就会在公司外部进行预先打包好的临床试验。

最初，合同研究机构多半位于大学城里，因为那里有许多需要快速赚取现金的大学生会报名参加研究。唯一的问题在于试验的数量实在太多了，学生数却不足。于是，合同研究机构便开始迁往城市的贫穷区域，这样就可以轻松吸引到低收入居民，一如一九五〇年代血液行业的作为。由于这类组织所要负责的工作内容就是取得数据，因此合同研究机构可以像其他公司那样，寻找更便宜的劳工来源，以降低成本。今日，合同研究机构遍布于美国与墨西哥之间的边界城镇，吸引移民人口进入试验设施。检察官办公室指出，一九九〇年至二〇〇一年间，在低收入地区进行的临床试验数量增加了十六倍，并预测该数字到了二〇〇七年会再翻一倍。

结果，检察官办公室的预估被证明并不正确。在美国境内经营的合同研究机构数量反倒减少了，这是因为检察官并未考虑到全球化的因素，像是数据搜集的工作可轻松外包给道德标准较宽松、经营成本较低廉、人均收入较低的海外国家。荷兰合作银行印度金融（Rabo India Finance）公司在二〇〇四年所做的一份调查研究显示，把试验外包给印度等国，估计可让药物试验的整体费用降低百分之四十。到了二〇〇五年，前十二大制药公司总计一千两百项临床试验当中，就有一半是在英国、俄罗斯、印度等国进行的。[①]

对于美国药物研发公司而言，这当然是很幸运的状况，不只是因为

---

① Melinda Cooper, "Experimental Labour—Offshoring Clinical Trials to China," *East Asian Science, Technology and Society* 2, no. 1 (2008): 8.

在外国可节省成本，也因为在外国从事药物试验，可避开美国职业小白鼠这个重大问题。因为如果药物研发公司在患者很少接受保健医疗的区域设立实验室，那么差不多就能保证试验对象未受过治疗。在很大程度上，因为印度等国政府没有能力让国民享有医疗照护，所以有大量人口可作为先前未接受治疗的自然人体基础，甚至还有人即使是罹患了重大疾病，都从未曾接受治疗。到了二〇一〇年，印度更因许多民众都未受过治疗而享受到每年二十亿美元的总体医疗回报。

在印度，"不仅研究成本低廉，而且有熟练的劳动大军可进行试验"。《美国生命伦理学期刊》前执行主编、美国环保署人体研究审查委员会现任主席肖恩·菲尔普（Sean Philpott）如此表示。然而，志愿参与试验的人数剧增，所引发的问题很类似美国立法禁止对囚犯进行试验。菲尔普说："参与印度临床试验的个体往往没受过教育，支付一百美元就可能称得上是不正当的诱惑了，那些人甚至有可能没意识到自己是被胁迫的。"

这种情况跟海啸难民安置区的居民在生活压力下卖肾是很类似的。在印度，参与临床试验的人，以及那些被肾脏掮客、代孕者之家及血液小偷所利用的人，都是属于同一社会经济阶层。说也奇怪，这两种市场里的监督与胁迫行为都相似得吓人。由于印度药物管制总署（Indian Drug Control General，类似美国食品药品管理局）总体上的监管不力，因此制药公司就会想要规避道德规范，以期建立更佳的数据集，而这种做法已经导致了一些错误的发生。

二〇〇四年，印度药物管制总署调查了两家位于班加罗尔（Bengaluru）且备受瞩目的生物科技初创公司——山沙生物科技公司（Shantha Biotech）和必奥康生物科技公司（Biocon）。这两家公司违法进行转基因胰岛素临床试验，造成八名受试者死亡。公司甚至没有让受试者签署知情同意书，更没有采取措施尽量降低受试者面临的危险。

在另一起事件中，太阳制药公司（Sun Pharmaceuticals）说服四百名医生开来曲唑（Letrozole）这一乳腺癌药，作为生育治疗之用。太阳制药公司希望来曲唑能获得作为他用的许可，以期让销售量增加两三倍。但该公司并未跟患者说明这点，就让患者参与了实验。

虽然那些妇女并未呈报有严重的副作用，但是该药物的确有可能会造成不可预期的灾难。

此外，那可能也不是唯一一次在孕妇或想怀孕的妇女身上试验癌症疗法。在来曲唑进行试验的两年后，当时我住在金奈，正为《连线新闻》（Wired News）报道一名新生儿脸部严重畸形的事，这是名为"独眼畸形"的罕见遗传疾病所致。这种疾病会让左右脑长在一起，在该案例中，即导致额头中央产生独眼。在我造访替独眼新生儿接生的甘地（Kasturba Gandhi）医院时，院方人员告诉我，这位母亲说自己已经努力试着怀孕好几年了，当地的生育诊所给了她一种不明药物。

之后我获准阅读了一份机密报告，院方管理部门在其中写道，那位母亲很有可能服用了一种叫做环巴胺的实验性抗癌药物。在经过调查后我也发现，环巴胺目前正在美国进行临床试验。这种化合物来自北美玉米百合（North American Corn Lily），这种植物长期被美洲原住民用作避孕及止痛。不过在一九五〇年代，美国的牧羊人发现怀孕的母羊若长期食用玉米百合，就会生出独眼小羊。① 而进一步的玉米百合试验更显示，环巴胺这一化学物质也会阻断脑部发育与前列腺癌的遗传路径。

基因泰克（Genentech）和席洛斯（Cirus）这两家大型生物科技公司认为，提纯的环巴胺或许能够终止前列腺癌，不过它们双双否认在印度进行过临床试验，并表示在孕妇身上使用环巴胺会有危险。但是，我却通过电话在孟买与德里找到了几家药品供应商愿意卖环巴胺给我。我

---

① one-eyed goats，独眼羊的照片用 Google 搜寻即可找到。

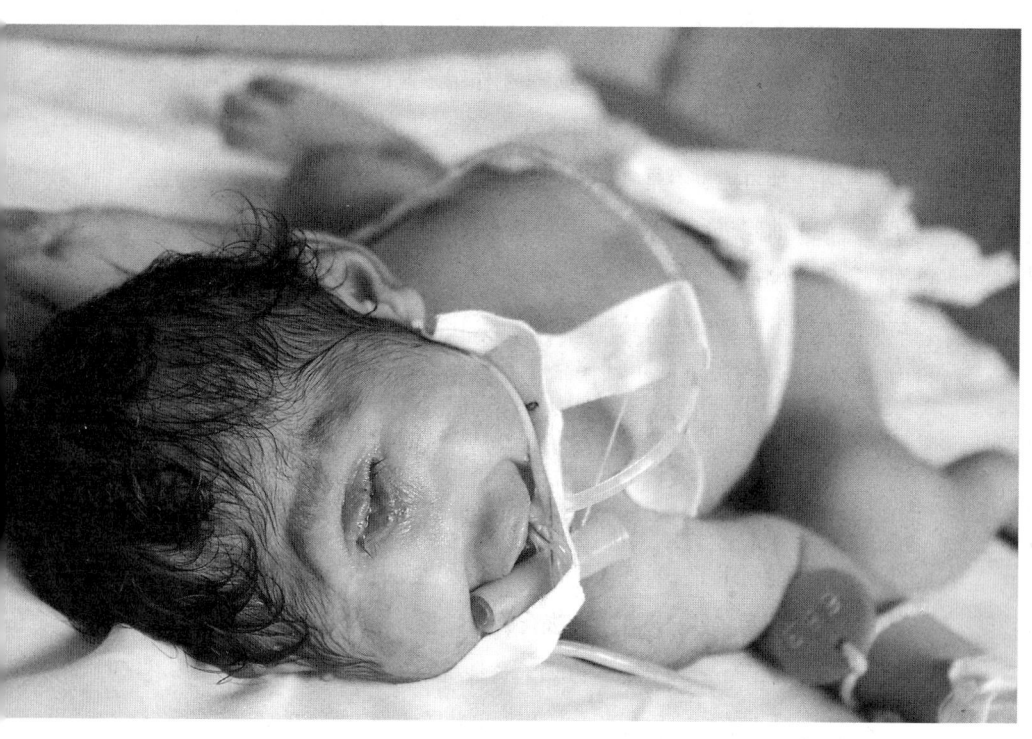

这孩子的出生证上面写着"歌玛蒂的宝宝",因为她生来就患有独眼畸形的严重颅面疾病,家人不愿替她取名字。金奈甘地医院的院方人员写道,这个罕见遗传疾病有可能是因为采用环巴胺这种拙劣的治疗不孕药物所致。当时,环巴胺在美国是作为癌症疗法在进行试验。拍摄这张照片的一年前,制药公司试验了另一种抗癌药物,以治疗不孕的名义,在未受管制下,对数百名孕妇进行试验。虽然环巴胺现在于印度境内已经是上市销售的药物,但是没有任何公司承认自己曾在印度境内进行过测试。

在接下来几周的后续调查中,只能找到少许有关独眼婴儿案的信息,不过这些调查已足以让大家开始担心数百英里外的来曲唑实验。

"第三世界的生命价值远低于欧洲人的,这就是殖民主义的涵义。"威斯康星大学麦迪逊分校医学史客座教授司里路帕·普拉萨(Srirupa Prasad)如此表示。

比如,实验室分离血液成分,然后在国内(或许还有国际)市场上贩卖。人类学家安·安葛丝(Ann S. Anagnost)曾写道,生物科技产业已经凭借自身力量,将血液转变成可在市场上销售的商品。[1] 血液的交易方式类似黄金。中间人与掮客自行采集血液,卖给那些支付现金且不在乎血液取得方式的公司。安葛丝还写道,军队甚至扮演着居中协调的角色。

在这些类似印度戈勒克布尔血液海盗的场景中,唯一重要的事情是血液的品质,而非采血的过程。为了节省采血的成本,未受过训练的技术人员竟对捐血者重复使用针头,致使艾滋病毒在捐血人之间扩散。

不过到了二〇〇二年,生物技术投资者却将捐血导致艾滋病疫情转变为临床研究的机会。他们开始在之前的捐血人之中物色试验对象,以便测试实验性艾滋病疗法。二〇〇三年,位于加州的病毒基因公司(Viral Genetics)进行了一项试验研究,对象是三十四位"未接受过治疗"的艾滋病末期患者。这些患者的症状极为严重,即使是传统的抗逆转录病毒药物也毫无效用。因此,该公司希望一种被称为 VGV-1 的实验性药物能够恢复上一代药物的效用,并让艾滋病患者预后较佳。这些患者是理想的候选人,因为政府未曾针对他们的艾滋病毒提供治疗。

甚至对于多数曾捐血的人而言,那次的临床试验是他们第一次获得医疗的机会。不过在试验开始之初,却没人向他们说明药物的风险,更没说明药物或许有助于预后(后来证明不行)。在国际运动人士的帮助

---

[1] Ann S. Anagnost, "Srange Circulations: The Blood Economy in Rural China," *Economy and Society* 35, no. 4 (November 2006): 509–529.

之下，这群人才被美国负责批准试验设计的机构审查委员会知悉。但委员会的回应是，该项试验可能需要对其知情同意原则进行一些表面上的小修改。

人类学家梅琳达·库伯指出，委员会的目光狭隘到只注意同意书这部分的问题，却没有注意到这种行径几乎等于是在有系统地剥削那些长年遭到医疗欺诈的人。库伯写道，不用在意合约方面的议题了，临床劳工"没什么可卖了，只能接受"。①

在更深的层次上，此次药物试验证明了试验对象无法共享药物研究所带来的益处。他们是药物研发过程中未获得公平待遇的伙伴，他们对研究做出贡献，却无法赚得市场上的价格，而等到药物核准上市后，他们也无法取得专利药物。

就算最后此次试验开发出的新药获得了美国食品药品管理局核准，但在患者的有生之年也很有可能无法在受试者的本国上市。正如肾脏市场、卵子市场以及其他种类的人体市场，试验对象的人体部位只能够向上提供给社会阶层较高者。制药公司因外包临床试验而获得的益处，大多是低阶层者永远无法享有的。穷人承担了试验药物的风险，只有富人获得了潜在的益处。

人们在提到人体的价值时，常常会出现双重标准。在研究期间，参与临床试验的人们是利他的志愿者，有助于科学研究的进步。在药物试验之后，他们的贡献却被人遗忘，专利药物所带来的经济利益以及新疗法的益处，他们也无法享有。虽然受试对象在药物研发过程中承担了全部的身体风险，但是那些后来靠贩售药物赚取数十亿美元的公司，却没有意识到制造一种药物的代价不只是人体部位，还有活生生的人的心智和躯体。

---

① Melinda Cooper, "Experimental Labour," 16.

第九章　长生不老的承诺

在塞浦路斯的一家生育诊所里，英俊潇洒的胚胎学家萨瓦斯·考道洛斯在空中挥着手，好像要抹掉我那些即将脱口而出的问题似的。他从事的是人类卵子生意，没错，但是生殖生意的业务不光是制造婴儿。抽烟抽到嗓音低沉的他，抓起我的笔记本，开始潦草写下笔记。

"在这里，最有故事的是干细胞。不久之后，我就会开发出一种新的方法制造胚胎干细胞，不用卵子就能办到。"在他解释说他正在研发一种方法，要从其他组织中制造出胚胎干细胞时，他将一根手指指向天空，似乎没一刻停得下来。他说，总有一天，这项研究将可绕过美国禁止从事胚胎干细胞研究的法律规定，该规定限定科学家只能使用少许几株遗传物质，这些遗传物质足够幸运，在布什总统禁止使用新株的新规定之前就被继承了下来。新材料的缺乏是临床进展的一大阻碍。一直到了二○○九年，美国总统奥巴马才终于撤销了禁令。不过这条研究之路似乎一直遭遇重重障碍，比方说，联邦法院发布禁令，宗教活动人士发起抗议活动等。

数十年来，胚胎干细胞研究一直是颇受争议的战场，有远见的科学家认为干细胞是极为有益的医学分支的基石，宗教团体则认为胚胎研究会杀死潜在人类生命，因而提出反对。目前，如果要培养出新的干细胞株，唯一的方法就是破坏胚胎。

然而，考道洛斯说，他的实验室以后将可以避开宗教人士的抗议，

加州的生物创新公司实验室里的 3D 打印机。它用干细胞制成的墨水，打印出人体组织。有一天，有可能制造出人工器官，阻止非法人体组织市场的扩散。然而，这项技术仍面临多项重大挑战，有待克服。

未来根本不用破坏卵子，而是从骨髓或皮肤组织中培养干细胞。他会运用基本上差不多的科学原理，以技术来解决棘手的政治争论。他语带兴奋地表示，科学家可以继续带领大家开创医学的新时代。或许在这样的医学进步之下，实验室就能够再生整个器官、修复受损的组织，还有可能让人永远不死。干细胞的潜力无穷。

他说话的同时，我的笔记本上就已经被画满了纵横交叉的线条和圆圈，用以代表卵子、DNA链以及被锁在人体内的那股无限的疗愈潜力。我耐着性子，抓住时机才终于把笔记本从他手里拉了回来，我找到一些空白处，写下我对这个主题的摘记。可是，我的笔不久就慢了下来，然后停笔。这不是他的错，只是我对这个主题的关注比不上他对此的热情。这种事情我以前听了不下数十次，干细胞或许是人类的未来，不过，医学上要有突破性的发展，途中遇到的难关可不光是监管而已。

我们停滞在科学革命的边缘已有数十年之久了。似乎每隔几个月，就会有某位科学家预测，不久的将来人类会像蝾螈那样，失去四肢也能够再生。或者一本杂志会吹嘘说，某实验室即将获得突破性的进展，将有能力在生物反应器里培养出基因完美的新鲜器官，或者说电脑技术有一天可以让人们把大脑下载到硬盘上，继续以虚拟方式重现真实的自己。如果那样都行不通的话，也已经有公司提供低温冷冻人体的服务，这样我们就有机会等待再生医学的出现，解决死亡问题。不过，比这些都重要的是，社会大众一直把希望寄托在医学界一再重申的各种干细胞治疗，以期替医学的未来铺路。

全世界首次听说干细胞是在一九六三年，当时恩内斯特·阿姆斯特朗·麦卡洛克（Ernest Armstrong McCulloch）与詹姆斯·提尔（James Till）这两位以多伦多为据点的细胞科学家，向大家证明了干细胞可转化成体内其他任何一种细胞。这类多能干细胞有可能是修复或替换受损人体组织的关键所在。到现在,我们已经耐心等待了超过一代的时间,希望终有一日人体可被视为可再生资源。有了干细胞与再生医学,我们终于有机会将内在的自我(我称之为灵魂)以及使我们得以漫游世间的肉体分离开来。我们再也不会困在一出生即拥有的肉体里。长生不老,触手可及。

我们现今会如此相信科学可以带来灵丹妙药,可能是始于一九二八年,当时苏格兰药理学家亚历山大·弗莱明(Alexander Fleming)的实验室不太整洁,有一次他去度长周末,恰巧把好几个装有普通细菌的皮氏培养皿留在了实验室。等他回到实验室,才发现伺机而起的菌类已占领培养皿,杀死细菌,由此他无意间发现了盘尼西林,这是现代医学的第一个大变革。不到几年的时间,医院病房就能够抵御那些在术后造成患者死亡的感染,腺鼠疫几乎完全被根除,链球菌性咽喉炎、结核病、梅毒再也无法置人于死地。多数人都不记得,过去,只要是喉咙痛就意味着会死亡。对于当时的人而言,抗生素有如神赐予的礼物,有如长生不老丹。

人类社会的欢欣亦可拆解成数字表示:在中世纪,人类的寿命很少超过二十五岁。到了一九〇〇年,在美国出生的儿童预期可活到四十七岁左右。今天出生的孩子应该可活到七十八岁。发现抗生素,加上安全的输血、公共卫生的改善、可降低婴儿死亡率的医院照护,使得发达国家的预期寿命增加了将近三十岁之多。对此,著名的科普作家乔纳森·韦纳(Jonathan Weiner)用以下这段话概括:"人类在二十世纪期间所增加的……寿命,相当于人类在整个生存斗争中所增加的寿命。"[1]

韦纳在《延续生命》(*Long for this World*)一书中,概要介绍了奥布里·德格雷(Aubrey de Grey)这位鼓吹永生的未来学家。德格雷笃信

---

[1] Jonathan Weiner, *Long for This World: The Strange Science of Immortality* (New York: Ecco, 2010), 11.

再生医学可以让人类寿命往前再飞跃一次，进而达到永生。德格雷将死亡视为一种有待解决的疾病，当医学进步到所有疾病皆可治疗的程度时，死亡就只会是没保险的人会遇到的问题。

虽然德格雷及其追随者是科学界的异类，不过，相信医学可治疗病痛，只不过是人性使然罢了。不过，在经历了将近一百年的医学奇迹后，穿着实验袍的人竟然无法再持续构思出更佳的疗法来治疗疾病，这简直是让人难以想象的情景。以前，人们向神祈祷，希望神能让自己更长命更健康；现在，人们向科学家祈祷，希望科学家能针对那些致死的疾病研发出疗法。

活在这个充满灵丹妙药的时代，会出现的问题是——我们期望灵丹妙药会不断出现。在某些时候，光是小小的进展就会让人觉得快要跨出惊人的一大步了。复杂器官的人工版本已经酝酿了五十多年之久，终于在一九四六年发明了现在称为小透析机的第一颗人工肾脏，而首度在患者身上植入人工心脏，则是一九六九年的事情了。

同时，生物疗法的进展也加快了。在生物反应器和适应力强的细胞系的协助下，就有可能在实验室里培养人类皮肤供移植用。烧伤患者有福了，他们可以从自己的身体摘取皮肤供移植用（男性最大片的可用皮肤往往是阴囊）。

不过，充其量也就只有前述那些少许的进展，在奋力抵抗着以下这个难以摆脱的问题：“要是医学已进入停滞期，该怎么办？”二十世纪，抗生素似乎解决了感染问题，然而在过去三十年间，耐药菌株却已经进化到可以让多数老的一线疗法失去效用。由抗生素免疫细菌引起的葡萄球菌感染，在短时间内就成为医院里的头号杀手。基因疗法也自从一名患者在临床试验期间死亡后，就走进了死胡同。除极少数的特例外，经美国食品药品管理局核准的干细胞疗法仍旧非常遥不可及。

就制药的进展而言，除了抗生素以外，上世纪的药物研发并无明确的疗法出现。在安慰剂的试验中，多数的新药只不过是比二十世纪初期的疗法稍微有效一点而已。目前没有药丸可以治疗癌症。艾滋病患者需服用大量使人衰弱的药物，才能将其维持在一种慢性病的状态。部分药物，例如万络（Vioxx）消炎药，实际上反倒增加了心脏病发作的机率，最后不得不召回。利润高的抗抑郁药，如百忧解（Prozac），却有可能造成患者自杀，在许多案例中，这类药减轻抑郁的效用竟然没有高过普通的安慰剂。每年，美国食品药品管理局都会宣布召回了数百种经核准的药物与器械。尽管有所有这些举措，但是我们并不清楚医药界究竟有没有向前迈进，或许只不过走到岔路上了。

这种情况中透露出一大警告。虽然干细胞的神奇疗法以及新药研发的步调赶不上机器人或互联网的技术开发，但是外科技术与医学成像方面每隔几年就会出现革命性的变化。在二十世纪，对不同身体系统的切割、缝补和重建手法，堪称一次量子级的飞跃。

回顾十九世纪第一个十年，动手术就等于判死刑。患者不是在手术台上失血而死，就是往往在复原期间感染致死。当时，最常见的手术就是截肢。在截肢案例中，手术成功与否并非取决于外科医生的技巧或解剖知识，而是取决于医生切割人体部位及烧烙伤口的速度。当时最有名的外科医生罗伯特·李斯顿（Robert Liston）甚至可以在两分钟半内完成截肢。

今日的手术室是神经中枢，连接着高科技创新以及——更为重要的——成功。昔日的杀手，如脑动脉瘤、枪伤、开放性骨折、心脏病、肿瘤等，只要能及时送到急诊室，就有很高的存活率。而肾脏移植手术现在也只需要几小时就能完成，髋关节置换手术已是家常便饭，微创手术几乎不留疤痕，我们活在手术室的黄金时代。

手术不断创新，但反观新药研发和再生医学却处于停滞状态，这样的差异使得世界各地的人体市场对人体组织的需求永无止境。新药研发与再生医学并未随着手术的对数曲线而有所进展。突破性的药物少之又少,患者却是一刻也等不了。患者希望干细胞能修补残缺的肾脏和痛苦的心脏。患者在再生医学里找不到他们期望的疗法,必须走上手术一途。

人人都希望不要罹患腺鼠疫,都希望阑尾破了可动手术处理,还希望能够减缓痛苦,这些或许是每个人的权利,可是,如果治疗的成功与否端赖于摘取别人的组织或夺取别人的健康,那么问题就更为复杂了。

人类学家凯瑟琳·沃尔德比发明了"临床劳工"一词来描述其著作中有关临床试验一章所提及的小白鼠工作,她曾写道,人体组织的市场存在,说明了"不可能通过理性的市场力量来管制人们对于躯体再生的幻想,因为这种幻想与人们对于驾驭时间的渴望,以及对于死亡的恐惧是联系在一起的"[①]。

即使在遥远的未来,再生医学在技术上是可行的,我们想在这一生亲眼看到也是不合理的期待。发达国家纷纷投入了大量的资源和财力,就是期望能利用手术和药物等介入方式,一次延长生命几年。或许在某种程度上来说,这种方法是起作用的,例如,新的肾脏能让患者在不依赖透析机的情况下活个几年,接受心脏移植者有百分之五十的机率可多活十年,虽非永生,却也够久了。不过与此同时,在许多情况下,即使移植费用可依靠保险或政府补助,患者仍旧要付出高得离谱的金钱,甚至为了支付昂贵的抗排斥药物治疗,最后搞到自己和家人破产。

医疗行业让人们太容易把"有购买力"误认为"有避免死亡的权利"。比如不进行器官移植的话,器官衰竭将会致命。但是与其接受可能发生的死亡、进入安宁照护中心、让亲人准备好面对患者的死亡,倒

---

① Catherine Waldby and Robert Mitchell, *Tissue Economies: Blood, Organs, and Cell Lines in Late Capitalism* (Durham, NC: Duke University Press, 2006), 177.

不如选择合法或非法的市场，至少那里还贩卖着延命的希望。正如笔者曾提及，一个因身体状况无法怀孕的妇女可以选择在国内领养，医生与社工也可以提供她各种医疗方案，让有着她血脉的孩子能诞生在这世上。

但再回过头来说，如果我们想要活在一个人命无价且某种程度上是人人平等的世界里，那么就不能将市场奉为圭臬，由它决定哪些人有权利用别人的身体。即使是最好的组织捐赠体制也不免会在某种情况下出问题，让犯罪分子趁机而入。即使捐赠体制大多数时候可以在人们不受剥削的情况下运作，但是一旦有犯罪发生，都是十分极端的，足以削减整个体制为社会大众带来的益处。

目前支配世界各地人体市场的道德观，就是假设可以在利他捐赠之上，以一种合乎道德的方式建立商业化的人体部位交易体系。然而，世界各地无偿捐赠器官的供应量相当不足，造成整个体系无法维持下去。一旦供应量下降，犯罪分子就会寻求非法手段来增加供应量。

要解决这种伪善，其中一种方法就是立法全面禁止用金钱交换人体组织与人体，当中还包括不得付钱给提供医疗服务的医生、人体组织供应公司、医疗运输商，以及与该行业有关的每一个人。当然，这种做法也有可能反而让黑市更为兴盛，迫使该行业走向地下，而合法交易的供应量更会大幅减少。

还有另外一种解决方法就是摒弃人类生来平等的观念，承认人体是商品，跟其他物品没什么两样。拥抱人体市场，就等于认为人体可以被当成零件对待，承认人生来就是不平等的，有些人永远是供应人体部位的一方，有些人永远是消费的一方。在这个构想中，最恶劣的摘取人体组织的犯罪行为或许有可能受到约束，而违法中介的诱因也会减少。可是，假使正式创造出这两种截然不同的阶层，社会大众会有什么样的损失呢？

老实说，前述的解决方法都不怎么吸引人。社会大众不想要接受开放的人体组织贸易，但也不想要减少自己获得延命治疗的机会。换句话说，就是鱼与熊掌想兼得。

在人体组织市场与摘取组织的伦理争论中，当哲学家与社会科学家走到这一僵持不下的地步时，总是会有人找后门，提出人工合成物市场的可能性。如果说是技术创造了伦理难题，那么技术或许也能从难题中找到出路。

"就快要有突破了。"萨瓦斯·考道洛斯如此表示。他在自己那间舒适宜人的体外受精办公室，一副自信满满的模样，认为新的干细胞疗法即将问世。而我们也没有理由说创新不会出现在这里。对于想要走在医学尖端、打破规定的医生而言，塞浦路斯岛有如安全的避风港。一九八六年，考道洛斯的竞争对手崔考斯创造了吉尼斯世界纪录，他利用体外受精的方式，让四十六岁的妇女怀孕。除此之外，还有一个案例更具有争议性，那便是塞浦路斯的帕那伊欧提司·麦可·札瓦司（Panayiotis Michael Zavos）医生开心地宣布，他要不顾法律，成为第一位成功克隆人类的医生。他宣称二〇〇二年是"克隆人类年"，并开始在自己的实验室里进行研发工作。他拒不透露办公室地点，表面上是为了保护子女的生命和身份，到了二〇〇九年，他对英国《独立报》的记者宣称，他在多位已准备好生产的妇女身上总计植入了十一个克隆胚胎。尽管最后没有一个胚胎生长发育成后代，但是他也并未表示要从此停止研究。毕竟，英国科学家试了两百七十七次，才让克隆羊"多莉"诞生。《独立报》引述他的话说，他或者是另一个人迟早会成功克隆出人类。

在石黑一雄（Kazuo Ishiguro）的《莫失莫忘》一书中，克隆人的培养是为了捐器官给人类使用，而在科幻小说领域之外，就算克隆了人类，也无法阻挡市场对人体的无尽需求。然而，世界各地的研究人员正在寻找突破点，希望能稳定供应人造（且去除个人身份）的人体组织。如果成功了，那么就会完全改变人体交易的世界。

如果可以制造出产业级且生物学上完美的人造组织与器官，那么就再也没有理由经营血液农场或窃取肾脏了。如果注射干细胞就会长出新骨头，那么就再也没有人需要移植骨头了。而器官移植界的人会苦着脸说，再生医学会是未来趋势。考虑到今日人体市场的复杂度，若要瓦解当前的人体部位市场、消灭人体部位摘取网络，再生药物或许是唯一明智的方法。

第一个——有人说是最成功的——人造组织破坏人体组织市场的案例发生于一九八五年，当时生物技术巨头基因泰克公司使用重组的mRNA[1]，合成了人类生长激素（HGH）。在那之前，注射人类生长激素已证实可攻克幼童身上某些类型的侏儒症。而爱好锻炼肌肉的人士同时也发现，人类生长激素可以增大体型，让肌肉的轮廓和力量达到新高。当然，使用人类生长激素，借以取得竞争优势，是违法的行为，但是这并没有阻挡运动员想要使用生长激素的欲望。然而，人类生长激素并不容易取得。当时，要取得人类生长激素，唯一的方法就是摘取尸体的脑垂体，从小小的垂体里挤出汁液，提取激素。这种做法很没效率，需要大量的脑垂体才能制成一剂，供应来源也不稳定。

一九六〇年代至一九八〇年代中期，美国的殡葬业者以及替警察部门进行尸检的病理学医生，摘取了数十万个脑垂体卖给制药公司，制药公司再处理成可注射的药剂。这是当时的标准做法，多数人终其一生并不知道自己所爱的人被切开卖掉。当时的人类生长激素价格十分昂贵，

---

[1] Messenger RNA，又称"信使RNA"，是一种携带DNA讯息，再经过转译作用合成功能性的蛋白质。简单来说，基因是DNA分子组成的双链用来控制遗传用的，而mRNA就是在DNA复制过程中的"媒介"。——译者

也很难取得，医院最后还不得不雇用守卫，严加保管存货，不然小偷会从贮藏室偷走，卖到黑市。

人工制品甫一上市，脑垂体的交易便在一夜之间消失无踪。虽然人工合成生长激素的制造过程并不简单，也没有特别便宜，但是这种激素的供应量却突然大增，也实在是前所未见。或许是因为注射从尸体上取得的生长激素会让人感到恐怖，也会对健康产生负面的副作用，可是人工合成生长激素上市后，这方面的疑虑全都消失了。虽然注射人类生长激素的事件仍旧笼罩着体育界，但是在人体部位市场，生长激素的供应链已经被连根拔起。

人工制品为各种人体市场带来了新希望。今日，有数十家——甚至数百家——小公司投资于再生研究，总有一天会有回报。一般而言，这类公司可划分成两个壁垒分明的阵营。第一个是利用各种方式刺激人体自我疗愈能力的实验室，刺激的方式是提供可治疗受损或老化部位的细胞原料，或找出隐藏的遗传密码，活化蛰伏的疗愈性质。采用这种方式的研究人员认为，人体懂得治疗自身的问题，只不过是需要一点协助才能完成工作。其涵盖的领域有：干细胞疗法，可解锁再生潜力的基因疗法领域，以及几乎整个替代医学（alternative medicine）领域。

第二个再生医学的流派往往对自我再生的主题采取不可知论的态度，不过，他们假设只要有了足够的资料，就能够用技术知识来修正身体上的任何问题。用于置换的人体可以从头开始制作，然后通过外科手术来发挥作用，涵盖的领域有：假肢与机器四肢领域，人工组织与器官领域，人工激素领域。

这两种思想派别都有了初步的进展，并点燃了数百万患者的一线希望。然而，两方的研究展望实在太脱离现实了，不太可能在短时间内截断市场上对人体组织的需求。

比方说，以干细胞以及每年发生并被报道的数百件奇闻轶事中的任

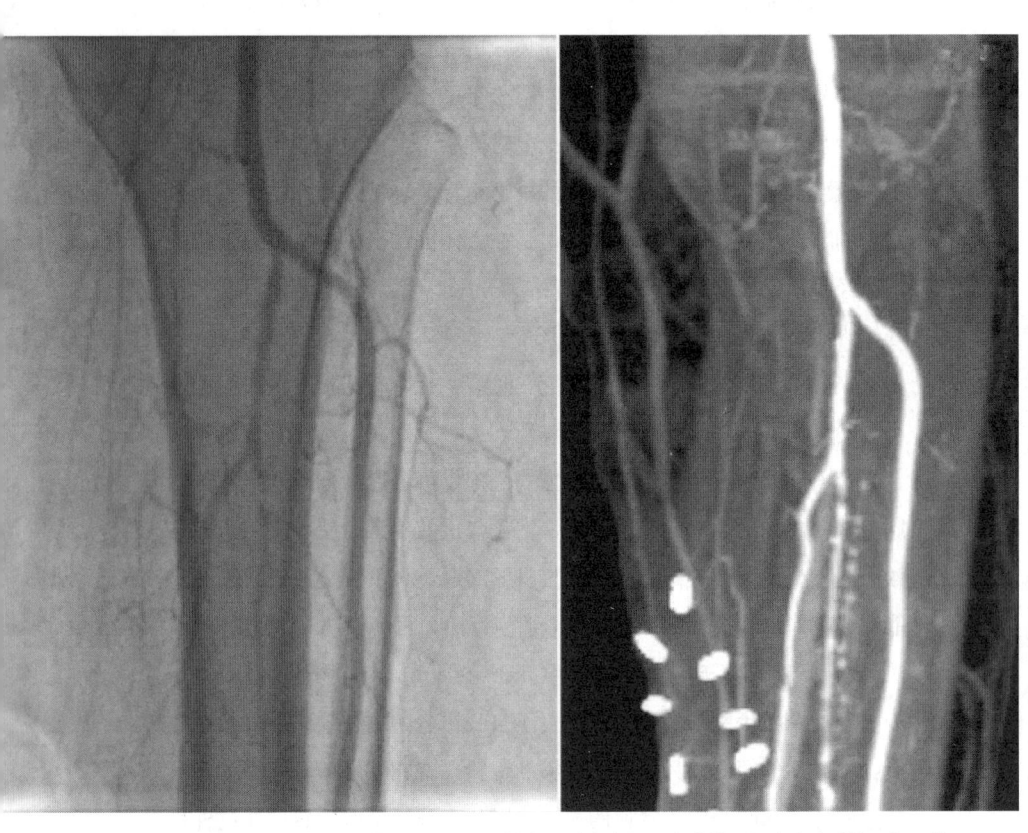

这是瓦茉·卡塔夏的血管造影照片,影像显示了她在印度金奈接受实验性干细胞疗法后的腿部已长出静脉,亮白色的条痕就是新的血管。要是疗法没有成功的话,医师就必须切除她的腿。此后,这种成功案例再未出现。

何一件为例。

二〇〇六年,在金奈某间通风良好的病房里,七十岁的糖尿病患者瓦茉·卡塔夏斜倚在病床上。当我随同苏伯拉玛尼扬(S. R. Subrammaniyan)医生进入她的病房时,她露出微笑。医生穿着领尖扣在衬衫上的蓝色衬衫,以及烫得平整的白色实验袍。卡塔夏说,要是没有医生的帮助,自己肯定再也不能走路了,而我此行是为了记录她的复原状况。这年早些时候,她注意到腿上有一个大小如针孔般的伤口,还以为会自然痊愈。没想到几个星期稍没留意,伤口就扩散成溃疡,从脚跟到小腿肚,整整二十二英寸长。

像这样的腿部溃疡在糖尿病患者身上很常见。当糖尿病愈来愈严重时,四肢的动静脉会开始萎缩消失,因此,原本看来不严重的伤口,就会变得难以复原。小伤口就有可能会导致大问题,往往也会造成患者永久伤残。据美国糖尿病协会称,美国医院的非创伤性截肢当中,有近百分之六十是溃疡(如卡塔夏腿上的溃疡)所引起的,每年大约有八万两千例。虽然印度没有官方统计的截肢数据,但是印度次大陆的糖尿病发病率高过美国。

然而,卡塔夏不愿截肢。她行遍南印度,寻找可以提供其他选择的医生,即使是一线希望也可以。最后,她找到了苏伯拉玛尼扬医生,这位医生前一阵子跟日本某家干细胞公司合作,打算试验新的再生疗法。卡塔夏除了腿上敞开的大伤口外,身体状况非常好,因此是进行试验的理想候选人。

计划看似简单。苏伯拉玛尼扬从卡塔夏的髋部抽取富含成人干细胞的骨髓,然后用离心机从普通血液细胞中分离出干细胞。在接下来的一周,他将干细胞制成溶液,注射到她的腿部,并移植了一片皮肤,覆盖在伤口上。

不到六十天的时间,溃疡已明显愈合,从治疗后所拍摄的血管造影照片中，可看到鲜明的亮白色动脉条痕。而在注射之前，她的腿几乎没有血液循环可言。干细胞显然已经重建了她大部分已萎缩的循环系统。

苏伯拉玛尼扬医生叫来了媒体，不久当地报纸开始颂扬这家不走寻常路的医学中心。不过，尽管大获成功，苏伯拉玛尼扬的解释却令人费解，他说："没人清楚背后的原理，不知怎的，干细胞一注射到体内后，就懂得如何转换成合适的细胞。"

对卡塔夏而言，痛苦已经消失了，不过，单一的成功案例称不上是干细胞疗法的革命。我最初为《连线新闻》写文章报道这个干细胞疗法时，美国的医生还特地叮嘱我别过度解读该项研究结果。

"这是单一案例，而且没有对照组。"斯坦福大学外科副教授兼糖尿病护理专家杰弗瑞·葛纳（Geoffrey Gurtner）在电子邮件里表示："我们都知道，在任何的疾病状态下，有些患者即使没有护理也能够复原，其背后的原因是我们无法完全了解的。"

接下来三年，我住在离医院半英里的地方，跟该医院的医生们保持联系，看看他们是不是能够再度成功，或者起码要更明确地解释卡塔夏是如何复原的。可是，从来没有确实的消息可报道。医生继续在人体上试验干细胞疗法，偶尔发布新闻稿，说瘫痪的患者在注射了跟卡塔夏用的类似的溶液后，重新获得了部分的活动能力。我所查看的每一件案例当中，看似奇迹的结果全都不可重现，干细胞疗法的成效仍旧不明确。

根本的问题在于，多半而言，没人真的了解干细胞在治疗情境下是如何工作的。理论上，身体懂得自我疗愈的方法，干细胞不知怎的就是知道人体的哪一个部位最需要它们，然后就会去那里自行修正问题。研究人员多半把自己在疗程中的角色视为递送员。

然而，该实验的魅力一看就知。因为如果没有更可靠的疗法的话，那些在事故中受外伤的或者苦于脊椎骨折或器官衰竭的患者，其实并没有更多东西可以失去了。所以，是要追求一丝希望，让医生在患者的身上做实验,还是要无助地受困于一个没有好选择的世界里?

坐飞机从金奈以北到新德里只需三小时,那里有一位姬塔·施洛夫(Geeta Shroff)医生,她对患者进行实验性的干细胞治疗,在该领域中堪称先驱人物。她不太想要了解干细胞确切的运作机制,只想要试用新方法,然后希望出现良好的成效。对于那些踏遍各地、试尽各种疗法却毫不见效的患者而言,最后能找的医生就只有她了。实验室里的她,热情地将自己的胚胎干细胞溶液注射到那些接二连三从世界各地前来的患者身上,借以治疗脊髓受损、进行性神经系统疾病以及绝症,每次的治疗费用为两万至三万美元不等。

西方国家的科学家因为受到监管机构的辖制,很少会未先经过数年动物试验与毒性测试,就急于利用实验性干细胞鸡尾酒疗法来治疗患者。不过,印度并没有法律监管,这使得施洛夫的研究方案拥有了少许的自由度。此外,临床试验产业也正方兴未艾。患者再三肯定,施洛夫已经解开了干细胞的秘密。可是,她不愿意让许多人进去看她的实验室,对于失败率也未曾透露过只字片语。

究竟施洛夫是个只想赚钱的专家,还是技术的先驱,根本没有方法得知。由于她并未发表有关其研究成果的论文,便径自发布种种引人注目的治疗成功案例,因此她的实验室也是恶名昭彰。迄今,还没有一位受人敬重的科学家能够仔细审查她的做法。德里的一名记者姆里杜·库勒(Mridu Khullar)密切注意施洛夫的工作已有一段时日,还获得了难得的机会,进入施洛夫的实验室一窥究竟。库勒发表了一篇有关一位二十七岁美国女性患慢性莱姆病,二〇〇九年进入诊所接受治疗的报道。患者回到美国后,其咨询医师宣布,患者的症状消失了。库勒在报道中指出,施洛夫希望这项疗法最后能在药房里售卖,还说这项疗法有可能是新一代的盘尼西林。库勒引述施洛夫的话称:"盘尼西林是抗生素时

人体交易 **169**

代的开端，全面改善了世界各地的感染情况。而这种疗法的地位就跟盘尼西林很类似。"

当然，风险很大。如果任由干细胞在患者的血流里流窜，不去管它，那么只会有两种后果：一是发挥治疗功效并解决问题，二是任意转变成其他的细胞结构。最严重的一种状况就是转变成畸胎瘤，畸胎瘤是一种会随意突变的肿瘤，最大的特点在于肿瘤内部有时会带有些许的头发和牙齿，若畸胎瘤长在体内不适当的地方，有可能会致命。

如果不清楚干细胞的运作方式，也不清楚干细胞在哪些情况下会转变成有用的构造，或是哪些情况下会不受控制地扩散，那么在人体上试验确实有很大的风险。每一次注射施洛夫的鸡尾酒，有可能就是在玩俄罗斯轮盘赌，其结果就如在不知道有不同血型的情况下接受输血，有时置人死地，有时救人一命。

无法预测干细胞的去向，会造成很大的风险，在圣地亚哥便有一家公司为了降低风险，而把干细胞分别放到支架上，借以精确控制干细胞在人体内的去向。该公司认为这样就有可能搜集到足够的人类生理学数据，以期能够从头开始制造出替代的人体部位。Organovo是一家小型生物科技公司，坐落于一个小型综合办公楼里，建筑物的外观很像是郊区的带状购物中心。该公司使用3D打印机制作替代器官与组织，日后将通过手术植入患者体内。

该公司首席执行官基斯·墨菲（Keith Murphy）毕业于麻省理工学院，还获得了商业学位。他表示，这个行业里的大多数干细胞疗法都落后了。"问题在于，他们只想要注射干细胞，然后让干细胞自行运作。可是，干细胞进入血流后，大多会在体内任意漂流，没有人知道它们会漂到哪里去。"他说，就算没有危险性，但是如果药剂没有抵达医生期望的地方，就很少有医生会愿意公开实验室里的临床结果。

墨菲认为，干细胞可因应四周环境，转变成任何一种器官结构，但前提是四周环境必须先传达适当的信号给干细胞才行。二〇〇七年，Organovo 公司的一个以密苏里州为大本营的合作伙伴，证实了跳动的心脏细胞排成一列时，就会以一致的节奏跳动。这项发现证明了在人工环境下，邻近的细胞可相互交流，而要打印出跳动的人工心脏，人工环境正是必备的先决条件。

不过，就目前而言，器官打印产业只是踏出了一小步。

墨菲要我穿手术服，戴鞋套、口罩、工作帽，领我进入了无菌室。三名技术人员挤在一个长形的金属装置旁，该装置在细胞培养基上方来回移动一只梭子，动作有如喷墨打印机。事实上，这正是一种可以把细胞铺在模子里的 3D 打印机，最后可建构出替代的静脉和动脉。我造访的那天，打印机旁的冰箱里，两个卡尺之间悬着一条白色细丝，粗细略宽于一条天使意面。小小的组织还在成长中，不过，几天后，细胞就会从列印期间铺设的支架上长出来，然后彼此紧密结合。最后，它将能够承受相当于人类血压的压力，准备好进行移植。

设计器官打印机的人看待人体的角度，就有如泥瓦匠看待砖屋一样。人类有机体十分复杂又相互关联，不过，终归来说，人类不过就是一堆细胞堆叠而成的。如果有够详尽的图解指出各细胞的位置和类型，那么精密的机器就能简单地构建出新的人类。或者，换成更实事求是的讲法，就是可以视需要打印出人类零件。

这些过程的一开始是要先从预期的接受者身上取得细胞物质进行培养，这多半是指骨髓提取，或者是取得肝脏组织切片。然后，这些细胞会在实验室里成长，长到有足够的体量，就可以塑造成如油墨块般且可供打印的细胞。接着，打印机会沿着预设的图样，把每一个细胞放置在正确的位置上，建构出组织与器官。二〇一〇年，Organovo 公司开始进行神经细胞与动脉的动物试验，期望在不久的将来能够进行人体试验。

相较于干细胞疗法，器官打印术似乎有若干明显优势，可是要达到真正的成功，还需要几十年的时间才行。最困难的瓶颈就在于要掌控每一个身体部位里存在的各种细胞类型。墨菲指着一条终有一日会植入老鼠体内的人造血管，然后说："我明天就可以帮你打印出一坨肝脏细胞，可是截至目前，我们在打印肝脏细胞时，还没办法同时在肝脏内部生成血管。"因为要是没有源源不绝的养分流入，位于中心的细胞就会死去。就目前的技术而言，要让血管系统里的细胞设置就绪并能够适应人类血压，必须耗费数天的时间。如果在完成前就先输送液体，微小的结构体就会爆裂开来。

墨菲说，现在的主要问题就是要克服技术障碍，让一个完整的人工部位里的各种细胞同时成熟。

我问墨菲，他的公司克服眼前困难的可能性有多大。墨菲表示："唯一的阻碍就是投资。如果政府决定把这件事列为优先级，那么只需要几年时间，技术就能成熟。"

Organovo公司的状况跟印度同类公司一样。这项技术的出现，为一个长期存在的问题指出了一个可能的解决方案，不过，若要证明该技术的功效大到足以成为可行的疗法，仍有好长的一段路要走。当年Organovo公司首度登场时，网上的各家媒体都纷纷预测，替代器官的时代即将来临，不过这门科学的进展仍远远落后于众人的期望。墨菲在开口前虽有犹豫，但还是表明，即使有大量的资金投入，要制造出可运作的人工器官，起码要花上十年的时间。我们甚至很有可能必须等上更久的时间。

或许有一天，合成替代组织、奇迹疗法、长生不老的细胞系，会是解决全球人体组织短缺问题的关键所在；或许有一天，工业生产设施有可能会取代那些采集人体以求延命的人体交易市场。我们都想相信，匠心独运的科学企业家会提供替代方案来解决今日的问题。不过，如果在这些近似科幻小说的情节尚未成为科学事实以前,就把希望全都寄托在上面,究竟要付出何种代价呢?今日,已有一个经济体系提供大量人体组织给付得起费用的患者,我们看待人体组织的态度,就好像唯一的问题只在于原料的取得。

每一种人体市场的核心,就是希望从另一个人身上所摘取的一点物质多少可以改善受赠者的生活。在部分案例中,确实如此。然而,供应问题却在后头耐心等待,似乎它只不过是另一个可轻松克服的技术细节。人们并没有很想要改变目前的状况,这是因为大家都认为今日的伦理难题在不久之后,就会像是遥远过去的时代错误。但是,与其活在不确定的未来,倒不如探究人体市场供应链里真正的状况。

回到塞浦路斯,我望着萨瓦斯·考道洛斯从皱巴巴的烟盒里拿出第五根烟,把烟深深吸了进去。我们俩在屋顶上,他身旁有一个小冰箱嗡嗡作响,里头冰着一些不太重要的生物材料,办公室没有多余空间放这台冰箱,才不得不放在屋顶上。在实验室里的某一处,另一个低温冰柜里存放了数百个受精胚胎,都在等待着有一天他把某批基因束植入某个女人卵巢的机会。

"没错,"他点头说,"未来是干细胞的天下。"不过,就现在而言,他还在采集及贩卖胚胎给那些付得起费用的妇女。

第十章 黑 金

　　一个服务员从老式的银行柜员窗口往外迅速瞥了一眼,把我的鞋子放到一大摞看起来有一千双之多的鞋堆里。从这里没别处可出去,再也不需要鞋子了。一大群散发出强烈气味的人流,推挤着我穿越一道道的铸铁门,我在碎裂的混凝土地面上跌跌撞撞前行,从入口处的破烂地板,踏上了内殿清凉洁白的瓷砖地。人群有如牛群般推来挤去,我一小步一小步向前走,花了十五分钟才走到一个摊位,在那里一个穿制服的男人递给我一张票,上面印了条码和文卡特斯瓦拉(Venkateswara)——毗湿奴(Vishnu)神的化身——的画像。接着,我又走了数英尺,碰到下一位职员,他穿着带有污渍的棕色衬衫,递给我两个剃须刀片,一个是剃头的,另一个是剃胡子的。

　　成群的男女沿着宽阔的阶梯走下去,阶梯平台上湿漉漉的,温水和一团团黑发结成的毛球混在一起。空气潮湿,充斥着讨人厌的椰子油味。阶梯的尽头是铺了瓷砖的巨大房间,像是遭人弃置的奥运会游泳设施,在那里,一长排又一长排的男人面对着沿墙设置的瓷砖长椅。(妇女会被带到另一个房间。)中间摆了四个巨大的钢桶。

　　我的票上号码是 MH1293,等找到墙上相符的标志后,我跟约莫五十个敞着胸膛、下半身裹着黑色莎笼的男人排一队。排在队伍最前头的香客保持鞠躬的姿势,一个拿着折叠式剃刀的理发师快速剃去香客的鬓发。理发师心满意足,抬头一看,便看见了我,招呼我过去。他腰间系

在印度的提鲁帕蒂（Tirupati），从印度教教徒脑袋上剪下的头发，正挂在金奈的架子上晾干。这一束束的头发最后会送到欧美地区，变成假发和编发。

着一块破布，遮掩着底下穿的白色条纹拳击短裤。显而易见，他并不是教士，只是替神圣蜂巢工作的工蜂。

我站定就位，他把我的刀片装在剃刀把手上，然后说："开始祈祷吧。"我试着回想神的脸孔，却连沉思的时间都没有，那男人硬把我的脑袋往下压，然后从我的头顶开始剃起，手法熟练，有如牧羊人在剃羊毛。他很满意，抓住我的下巴，把一根拇指插入我的嘴里，准备剃掉我的胡子。我望着自己的棕色毛发一团团掉落，掉进了地面上一堆堆深色的湿发里。

排在我前面的那个鬈发家伙，现在脑袋已经光秃秃的了，头皮上有一些小伤口，几条淡红色的血液流到他的背部。他望向我，露出大大的笑容。

"文卡特斯瓦拉会很高兴的。"他的妻子在另一个房间献发，夫妻俩会带着所有人都认可的谦恭和奉献的象征一起回到村子。一个穿着一袭蓝色纱丽的女人一闪而过，把我的头发从地上铲进桶里。桶一满，她就踮起脚，把桶里的头发倒入其中一个高大的钢桶里。等到一天结束时，四个大钢桶全都会装满头发，准备送往拍卖台。

欢迎来到印度安得拉邦斯里提鲁玛拉庙（Sri Tirumala Temple）的卡里亚那卡塔（Kalyana Katta）剃发中心，这里是世界上最赚钱的人发交易的发源点。在这里搜集到的头发会提供给产值高达五亿美元的美发业，这些真正的"特级"印度头发经编制后，将会卖给想要长直发的妇女，大多数为非裔美国人。目前全球人发市场的销售额逼近九亿美元，而且这还不包括美发沙龙收取的手工费。

追求高端时尚造型的女性向来很清楚自己要的是什么，而这种特级头发便称为顺发（remy），也几乎就是印度来的头发的同义词。顶级美发沙龙对顺发的评价很高，这是因为顺发是一刀剪断搜集的，可保持头发的外层方向如瓦片般排列，进而保持头发的强韧、光泽和触感，这就是顺发的特色，因此顺发的价格很高。头发从虔诚信徒的脑袋上剪下，经缝制后，戴到美国追求时尚人士的头上，这一段旅程不同于人体市场的其他供应链。起码在人发市场里，利他主义、透明度和商业化达到了完美的平衡，因此毫无黑市可言。

提鲁玛拉的名字曾出现在古老的印度史诗《摩诃婆罗达》（*Mahabharata*）里，因而被认为是圣地，每年都有南亚各地的五万名香客前来朝圣，向神明祈求恩惠。除了捐香油钱外，每四人当中就会有一人捐出自己的头发，然后那些头发会被送往市场之神那里，据报每年可赚得一千万至一千五百万美元。寺庙方面夸口说，如果捐赠的头发包括在内的话，他们收到的钱比梵蒂冈还要多，我对这句话存疑。不管实情如何，寺庙方面宣布计划要在内殿的墙上贴金片。卖发获得的利润则用于资助寺庙的计划及救济穷人。

基本上，印度的头发会卖到两种截然不同的市场：大部分的，也就是每年约五百吨从像我这样的短发男人头上所剪下的头发，是被化学公司买去了，化学公司用这些头发制作肥料或 L-胱氨酸（一种让头发强韧的氨基酸），也可制成烘焙食品及其他产品用的优质添加剂；利润较高的女香客头发——庙方人员称为"黑金"——会单独绑成一捆一捆的，送到剃发中心的顶楼，穿着廉价印花纱丽的妇女们俯身处理一小堆一小堆的头发，按照长度分类。每个人出去的时候，都要让一名持枪警卫搜身检查，没有人能够把一束珍贵的头发夹带出去。

人发含有各种分泌物和杂质，有汗水、血液、食物碎屑、虱子，还有许多印度人用来当作润发乳使用的椰子油。把二十一吨的头发放在一个充满霉菌和真菌的房间里，简直是臭气冲天。一名长发梳成密实的辫子的志愿者，似乎在对我微笑，不过，她的脸上蒙着一块布遮住口鼻，所以或许是在苦笑也说不定。那些妇女工作时，我专注地看着，一束束的黑发好像自己在跳跃扭动似的，突然间，一只将近一英尺长的老鼠从一堆头发里跑了出来,跑到房间另一端的一堆帆布袋里。真是难以想象,这一大堆臭得要命的头发当中,将来有一些会成为美国明星头上的装饰。

寺庙信徒的头发之所以能化为美丽的配件,是从一件相对微不足道的小事开始的。一九六〇年代初期之前,提鲁玛拉庙把信徒捐出的头发一律烧掉,但政府以污染为由,在一九九〇年代禁止寺庙烧发。不过,那时提鲁玛拉庙已经发现了更有利可图的方式来处理头发,假发制造商开始从提鲁玛拉庙取得头发原料。一九六二年,提鲁玛拉庙首度举办拍卖会,一公斤的头发卖十六美元,相当于今日的二十四点五美元。如今,拍卖价已十倍于此,拍卖会有如割喉战。

为了亲眼看看,我开了数英里的车,前往热闹的提鲁帕蒂镇,提鲁帕蒂庙的营销部门经营着一系列装满待干头发的仓库。在拍卖大厅里,代表四十四家公司的印度交易商聚集在几张桌子旁,准备在复杂的秘密协商过程中抛出数百万美元。"人发生意跟其他生意不一样。"夏巴内沙(Shabanesa)人发出口公司老板维杰(Vijay)如此表示,他跟许多南印度人一样,只有单名。"其他的生意是买商品容易,卖商品给零售商很难。在这里,恰好相反,卖头发很简单,买头发很难。"

从某种意义上说,印度人发贸易跟其他人体市场相似,因为原料同样难以取得,整体而言属于稀缺资源。虽然提鲁帕蒂庙为了容纳每天数千名的捐发信徒而兴建了数栋建筑,但是那种为了从充沛的供应量中获取更多利润而向信众募发之事,庙方是不会做的。人发市场跟其他人体市场有一个很大的不同,就是人发终归是废物,而近来的人发交易创造了它的市场价值。(这种说法也可套用在其他人体部位上,以前还没有尖端医疗技术可以进行肾脏移植手术的时候,根本没有肾脏市场。)

因此,在大量销售时,头发是唯一能被视为一般商品的人体组织,是以称重的方式买卖，不会被看成是含有重要生物史的特定实体。在人体原料市场中，唯有人发交易能让纯粹的利他主义运作无碍。然而，这并不代表人发卖家不会为了利润争执不休。

在拍卖会上，我很容易就能察觉到紧张的气氛。庙方坚持主张价格要比去年高才行，交易商则担心全球经济危机会冲击到假发市场。夜已经过了一半，印度最大的头发经销商——古普塔（K. K. Gupta）经营的古普塔企业（Gupta Enterprises），二〇〇八年销售额高达四千九百万美元——指责庙方试图设定过高的价格，气得走了出去。古普塔花了一小时的时间，在停车场里打电话并威胁要告诉报社，经商定后，价格终于定得稍微低了一点。然后，另一名经销商大声指责古普塔试图垄断市场，最后一名强壮的投标者不得不居中斡旋，免得双方互殴。

三小时后，已近午夜，最长最耐用的产品之价格落在了每公斤一百九十三美元左右（有人跟我说，比去年价格低七十美元）。接下来几天，卡车就会运送头发至各分销商处，在那里，炼金术会把人体废物化成奢侈品。

距离拍卖地点约莫八十五英里处，就在金奈这座沿海城市郊区的一座工业区，印度重量级头发出口商拉吉进出口（Raj Impex）公司的董事长乔治·丘里安（George Cherian）正等待货物抵达。员工必须检查头发里面有无虱子，大费周章地松开纠结的头发，在放了清洁剂的大桶里清洗，然后梳顺，确保头发符合出口品质。丘里安说："我们这行真正的价值就在此时此地，我们要替头发分级，让头发从废物变成漂亮的商品。"他拉出一把柔顺光滑、尺寸有如短马鞭的头发，说它在国际市场上的售价是十五美元。

丘里安又说，印度境内所卖的头发大多不是剃发得来的，而是来自垃圾桶、理发店的地板、长发妇女的梳子。游牧家庭和小商家会挨家挨

人体交易　　179

户拜访,用发夹、橡皮筋、廉价饰品来换头发。丘里安表示:"印度各地从事分类与搜集行业的数万人,都是靠这种工作维生。规则很简单,顺发卖到美国,其他的卖到非洲。"

在储藏室里,丘里安向我展示了四百公斤的顺发,全都包装成一箱一箱的,即将送往世界各地的城市。他的仓库另有数吨的头发,准备要出货。丘里安表示:"需求量很大,不过,我认为除了印度人以外,没人能够做这行。我们之所以能生存下来,就是因为劳力便宜。意大利和加州的人不可能用更低的成本来整理头发。"

我问丘里安知不知道顺发以外的头发产业,丘里安建议我去找一群住在金奈北方铁轨附近的吉卜赛人。不过,他告诉我,如果想要碰上他们的话,一定要提早出发。

上午八点,我驾驶黑色现代桑特罗轿车,穿越市区狭窄的街道,匆忙往北开。坐在我旁边的是丘里安的代理人达莫哈朗(Damodharan),他负责跟吉卜赛人接洽,大量购买他们的产品。在昔日铁路工人的聚落附近,他要我往旁边的泥土路开去,于是我们转进了一片贫瘠的荒野。不过,当我仔细一看,便看见有一群人蹲坐在小火堆旁边的阴影下。达莫哈朗跳下车,拉我去见拉吉。拉吉是一个身材瘦长的二十多岁男子,脑袋上是一头浓密的黑色短发。我跟他说,我想要知道卖头发的事情,他咧开嘴笑了笑,走回自己的帐篷里,在一个看似用来排水的大管子里翻找。接着,他兴高采烈地掏出一个巨大的塑料袋递给我。

我好奇地看了看,他拿出一个又黏又油的黑发毛球,大如枕头。他说:"几乎所有地方都能找到头发。"早上的时候,他会背着大帆布袋去小街上翻垃圾桶,或在路边找。他说:"大家都直接把头发丢掉,有的时候,如果有人特别把头发保留下来给我们的话,我们就会拿东西跟对方换。"拉吉把被人丢弃的非顺发搜集成一整袋,达莫哈朗会付给拉吉八百卢比(二十美元)买下来。

非顺发送回拉吉进出口公司的工厂，工人会梳开数千团可怕的头发球。等头发分开后，工人就会把头发捆成一批一批的，缝在布条上。处理非顺发是极端劳动密集型的行当，可是获利程度只有顺发的三分之一。如果头发够长，就会变为成本价的假发，不够长的头发会变为床垫填充物，或熬制成食品添加剂。不过，头发经销商握有多达数十万吨的头发，自然可以找到方法从中获利。人发市场一如其他商品市场，廉价人发的供应量充沛的话，意味着有人会找到方法加以利用，刺激其他地方的需求。

品质最佳的头发会由金奈送往世界各地几乎每一家美容院和美发沙龙，不过，正如前述，要说送往哪个地方可以赚到最高的利润、受到最热烈的欢迎，当属主要为非裔美国人的社区了，那些顾客喜爱印度头发黑色的豪华色泽和笔直的线条。其中一处地方就是布鲁克林区诺斯特兰大道的剪艺室（Grooming Room）。诺斯特兰大道上有一堆美容店，几乎像是特意把这条路规划成美容区似的。剪艺室由蒂芬妮·布朗（Tiffany Brown）经营，她是发型界的权威。周五，我首次跟她会面，她的脸被剪齐的刘海以及长度到下巴的鬈发包围着。周六，她的样子完全不同了，头发紧贴着头皮向后梳成长度仅一英寸的马尾。到了周日，她或许会戴上迷人的长发，在背部如瀑布般垂下。布朗之所以能如变色龙般改变发型，诀窍就是拉吉进出口公司这类工厂所制造的顺发。

"顺发是必备的配件，就像耳环或项链那样。顺发可以让我一整天都变成我想要成为的人。"她如此表示。她的客户也有同样的感觉，他们每个月花四百美元左右维护假发，少数人甚而会花上数千美元。在剪艺室等美容店以及那些可能会支付一万美元以上买一顶假发或编发的名人之间，市场上对于印度头发的需求几乎一直不变。"买廉价的头发，"一个名为thelookhairandmakeup.com的供应商博客嗤之以鼻不以为然地表示，"就会有廉价的发型。"

"唯一值得买的头发就是顺发。"布朗的其中一位客户如此表示,她的头发上了大发卷。"他们说,那是从处女的头上剪下的。"当然,这种说法并不正确,编在她脑袋上的头发是以神之名,基于谦恭和利他主义而剪下的,最后却进入美国,成为最公认的增加魅力的饰品之一。

后记　罗莉塔·哈代斯蒂之颂

一九四六年接近尾声之际，在墨西哥圣米格尔阿连德（San Miguel de Allende）的某座墓园里，一位二十多岁的女性穿着及踝长裙以及绣了鲜艳花卉图案的衬衫，正在画架上画着油画。墓园里有一些破旧的木头十字架，这些十字架看着只不过比烂木板好上一些，它们以怪异的角度从松散的土壤中伸了出来，地上四处散落着一堆堆的人骨。股骨、肋骨和无牙的颅骨，从松软的土壤里露了出来，乱成一团，完全无法辨认哪些骨头是属于哪些身体的。两个小男孩望着那女人用炭笔在画布上勾勒着这幅可怕的景象，她就是罗莉塔·哈代斯蒂（Loretta Hardesty），来自美国蒙大拿州布特市，她游历美国的南部边境，在墨西哥的艺术学院学习艺术。

几英尺外，有位德国出生的摄影师，他逃离家乡的迫害，改名为胡安·古兹曼（Juan Guzman），一个墨西哥名字。他把镜头对准此情此景，拍下了一系列照片，其中一张就刊登在一九四七年一月四日的《生活》杂志上。

那篇报道大获成功，使得当时只有五十位美国学生的该艺术学院，翌年却收到了六千多份入学申请书。这张照片也吸引了新一代的美国兵，他们觉得在家乡只能勉强糊口，可是墨西哥生活费便宜，还能画颅骨和裸体像，日子实在惬意多了。这还是该艺术学院首次不得不回绝掉一些申请。

这张照片的原始说明如下:"墓园里,许多古老的骨头已从地底下掘出,解剖研究用的原料数量充沛。照片中的学生是来自蒙大拿州布特市的罗莉塔·哈代斯蒂。"这张照片刊登在一九四七年一月四日的《生活》杂志上。(感谢胡安·古兹曼遗产管理公司供图)

该艺术学院至少需要两种人体：第一种是活生生的学生，能用第一世界的钞票支付学费；第二种是当地人的尸体，无意间成了解剖学素描用的原料。《生活》杂志里的照片之所以引人注目，并不是因为描绘了恐怖的罪行，而是因为颇具冲突感的并置画面，一个年轻漂亮的女人竟身处于人骨散落的墓地。学艺术的学生并不在乎人骨是怎么离开坟墓的，他们只在意这些人骨是解剖学研究的好主题。这幅影像是每一个曾存在于这世上的人体市场之缩影。古兹曼与哈代斯蒂都只是这个以人类悲剧作为开端的供应链的消极观察者。

我看着这张照片，不由得忖度巴克斯——我在加尔各答城外碰见的守墓人——要是看到照片，会有什么想法。每晚，巴克斯都会巡视哈尔巴提村的墓园，心想着自己要是离开这里，没人看着，这些尸体是否会安然无恙，还是他应该整晚不睡，注意听有没有铲子的声音。他知道盗墓人迟早会再度突袭，但他只有一根竹棍，实在难以阻挡他们。对于哈尔巴提村的村民而言，盗墓这件事根本就没有中立地带。

我研究各种人体市场将近四年，对于血淋淋的解剖细节或者摘取人体组织的重大罪行，再也不会感到惊讶。唯一让我讶异的地方，就是大家竟然只耸了耸肩，觉得一切都很正常，把整个供应链视为理所当然。

在大多数情况下，只要人们确实不知道人体与人体部位的来源，会觉得购买人体与人体部位是很自然的事情。理想状态下，我们购买人类的肾脏时，就像在杂货店里购买其他肉类一样，是用塑料袋和泡沫塑料装起来的，上面也没有标出是出自哪一间屠宰场。其实，我们多少都心知肚明，要让人体进入市场，必定有人得牺牲，但我们只是不想知道太多细节。

我们大多数人所认识的人当中，都会有某个人的生命因紧急输血而获救，或者某个家庭领养了国外的儿童。我们或许曾碰到过那些受益于生育治疗的人，或者因器官移植手术而得以延命的患者。我们肯定知道

人体交易　　185

有医生利用真的人骨来研究解剖学，我们也服用了那些先在人类小白鼠身上试验的药物。

这些事情的存在并不坏。一些最重大的科学进步之所以能实现，正是因为我们把人当成物对待。作为人的我们是谁，很大程度上取决于作为肉的我们是谁。人类的生理自我以及灵魂——因缺乏更好的概念，故以灵魂称之——的那一部分之间难以处理的地带，我们多半还算能应付过去。

或许涉及犯罪且不道德的人体市场，远比合法的人体市场小多了，根据世界卫生组织的统计，全球器官移植所用的器官约有百分之十是在黑市取得的。而依经验来看，这个统计数据似乎也可套用在几乎所有的人体市场上。

我们是个什么样的社会，取决于我们如何处理那百分之十的部分。这风险实在太大了。是否要让血液掮客与儿童绑匪继续交易，把对人类造成的后果当作做生意要付出的代价而一笔勾销呢？第三世界的肾脏掮客遍地横行，苏联的东欧卵子卖家遭受剥削，背后的原因在于全球经济的不平等，以及我们管理人体市场的方式。是否有可能建立某种体系，把所有人体市场里的伤害最小化呢？

减少犯罪人数不仅是法律上的问题，解决的方法必须从根本上重新评估我们长期以来对于人体的神圣性、经济性、利他主义、隐私权等方面抱持的信念。我们向来认为人体与人体组织的需求量是一种不变的议题，唯有增加整体供应量才能解决问题，但我们必须摒弃这种观念。其实，器官、头发、儿童、人骨的需求量首先会随着整体（及意识到）的供应量而有所变化。如果在亚洲地区可任意取得人骨，那么一定会有人找到利用这些人骨的方法。如果有更多的肾脏进入市场，那么医生就会认为有更多患者符合肾脏移植的资格。领养机构越是宣传孤儿院人满为患，那么就会有越多的人去领养儿童。自由市场上的卵子愈多，那么就会有越多的人飞往他国植入卵子。

需求本身是毫无意义的。改装车、原子弹、初版《蜘蛛人》漫画、劳力士手表等的需求量很高，并不表示我们能够或应当全面提升产量。没有供应的话，需求就无足轻重了。

以血液的需求为例。二十世纪上半叶，血液的库存量高，这意味着外科医生可以大大改进多种外科技术，但是某些宗教团体——以信奉基督教的科学家最为显著——反对任何形式的输血行为。多年来，那群人对于人血完全没有需求，这导致了私人的投资并最终使得无血手术领域取得极大的进展。起初，医生为了技术上更熟练，浪费了不少血液；然而，当医生不能将常规手术的好处沿用到每个人的身上时，禁止输血反倒让多种可全面减少手术中的失血量的技术繁荣。

今日，在具备先进技术的医院里，许多类型的手术室手术只需要少量输血，甚至完全不用输血。虽然科学还有很长的一段路要走，但是终有一天人工器官也能达到那样先进的程度，或许能让活体移植不再适用了。

更重要的是，要建立那种依赖利他主义作为原料来源的经济体制，是不可能的事情。在理想的世界里，没有人会购买或贩卖另一个人，人道的交换行为一律是基于人们对全体人类的互惠和善意的。然而，那样的世界并不是我们所居住的世界。很少人会出于纯粹的善意捐肾捐卵，或冒着危及健康的风险来参与临床试验。虽然我认为人体组织的交易商业化无法阻挡黑市的存在，但是以利他主义作为购买便宜原料的借口，这种伪善的做法显然无助于多数人的幸福。若贩卖自己身体的人获得的报酬很微薄，那只会将贩卖人体部位的压力加诸社会阶层较低者身上。

而在国际领养的案例中，利他主义反倒满足了更不正当的目的。少数的腐败机构非但没有帮助那些孤儿院里的儿童摆脱困境，反而把应当用于慈善工作的领养费用来资助犯罪企业。

虽然在理论上、在国会的议员席上，利他主义听起来很美好，但它并非搜集与分销人体的稳定基础。在最好的情况下，利他主义可消除人们提供人体市场的动机；在最差的情况下，利他主义是利用捐赠者的一个方便的托辞。

最后，只要合法的人体市场没有达到透明化，黑市就会蓬勃发展。人体或组织的交易要合乎道德，供应链就要达到绝对的透明化。

即使是美国最棒的医院，也几乎不可能得知一个脑死亡捐赠者的身份，捐赠者放弃了自己的器官，这样另一人得以活下去。大多数的领养机构宁愿隐瞒亲生父母的身份，以保护他们，免得别人提出令他们不快的问题，而护士与医生习惯在官方文件上抹去捐卵者的姓名。虽然意图往往是高尚的，但是这样一来，不道德的从业人员未免很容易就能摘取那些迫不得已的捐赠者的器官、绑架儿童卖到领养渠道、偷取囚犯的血液、迫使妇女在危险环境下出售卵子。在每一个案例中，罪犯都能用隐私权作为幌子，保护非法的供应链。

人体组织的非人格化，是现代医学最显著的一大缺点。在这个世纪，我们的目标应该是把身份还给人体组织，并纳入供应链里。每一袋血液应该标注原捐血者的姓名，每一个被领养的儿童应该可以全权查阅自己的个人履历，每一位移植器官受赠者应该知道是谁给了他器官。

要达到这个目标的话，人们对人体的利用与再利用所抱持的观念就必须先有大幅度的改变。每一具人体在人体市场里移动时，都需要公开其来历。人类生来就不是那种本质上可简化成商业交易品的中性产品，不过，我们无疑都是人体市场里的顾客。越快接受这件事实，就能越早行动起来。

购买二手车所采用的标准，也应该能适用在人体部位的购买上。卖赃车和问题车都属于违法行为，精明的顾客在购买二手车前，一定都会先取得事故报告书。如果车子有记录，那么人体也应该要有记录。身为养父母的,难道不该去确认一下有没有可能找到所领养儿童的生父母吗?购买卵子植入子宫的妇女,难道不该去查阅捐卵者的家族病史吗?我们难道不该去了解医生的柜子里挂着的是谁的骨骸吗?

信息的透明化无法解决所有的问题。罪犯无疑会伪造文书,捏造新的背景故事,用新的和富有想象力的方法,遮掩不道德的做法。国际的疆界以及司法管辖权的变更,让罪犯更易隐藏自己的踪迹。然而,若有明确揭示来龙去脉的一系列文件,就更容易辨识出危险的掮客。

一九四六年,当哈代斯蒂冷静地描绘墨西哥农民七零八落的遗体时,没太在意那些人骨是怎么跑到坟墓外的。六十多年后的现在,她没有提出的问题,我希望我们能够追问下去。

致　谢

一位作者的成败与否完全取决于编辑，我很幸运，能与业界最有才华的几位编辑合作，他们认真看待我那些半成形的概念，在我从事困难且有时危险的任务期间，提供专业的建议。感谢 William Morrow 出版社的 Matthew Benjamin，他从这本书的初期阶段一直监督到完稿，要是没有他的帮助，本书将不可能出版。感谢良师益友 Ted Greenwald，身为《连线》杂志资深编辑，他引领我进入专题报道的领域，向我证明新闻事业确实很适合我。感谢《琼斯妈妈》杂志的 Mike Mechanic 与 Monika Bauerlein，他们两人拥有丰富的资历，并能给予即时的指引，协助我完成了本书其中三章的内容。感谢 Bill Leuders、Sarah Spivack、Jeff Chu 积极协助我完善了自己的概念。

感谢 Rachel Swaby、Sonja Sharp、Jennifer Phillips，她们分别隶属于《连线》与《琼斯妈妈》的事实调查小组，不仅确保本书的内容精确，有时甚至还对整个专题报道进行背景调查，聆听无数小时的录音带，确定大部分原稿里的直接引述正确无误。

感谢印度、塞浦路斯、西班牙那些表现杰出的现场助理，在他们的协助下，一些最为困难的研究课题都变得比较容易进行了。感谢 Divya Trivedi 陪同我前往印度北方的四个邦，一探血液农场、代孕者诊所、警察局、激进派营地等。在金奈时，感谢 Hassan Mohammed 与 Sripriya Somashekhar 在我采访肾脏卖家与掮客时担任口译。在西孟加拉邦时，感谢 Arup Gosh 带领我进入了人骨贩子与盗墓人的阴暗世界。在西班牙与塞浦路斯时，感谢 Rabia Williams、Lucas Psillakis、Christina Boudylina 协助调查卵子产业的黑暗面。

二〇〇六年至二〇一〇年期间，感谢新闻调查资金会（Fund for Investigative Journalism）和普利策危机报道中心（Pulitzer Center on Crisis Reporting）慷慨支持我的工作，感谢纽约欧密艺术村的莱迪格写作之家（Ledig House Writers Retreat）提供短期的住宿。

本书之所以能公开出版，很大程度上要归功于我的前文学经纪人 Mary Ann Naples（曾任职于 Creative Culture 版权代理公司），她亲切地告诉我哪些概念值得继续研究探讨，哪些概念最好丢进非虚构文学类的垃圾桶里。虽然 Mary Ann Naples 已离职，开始在线上展开新的职业生涯，但还是把我交给 DeFiore and Company 里能干的 Laura Nolan，她负责监督我的作品完成，我期望能与她建立长期的合作关系。

当然，这一路上还有许多人提供建议，并为我开启大门。我想要感谢以下人士（排名不分先后）：Jaya Menon、Neha Dixit、Bappa Majumdar、David Sher、Catherine Waldby、Stefanos Evripidou、Rama Rau、Doros Polycarpou、Arun Dohle、Mags Gavan、Joost Van der Valk、Tim Perell、Jason Miklian、Tom Pietrasik、John Wheeler-Rappe、Danielle Anastasion、Anne Yang、Wen-yi、Lisa Ling、Raymond Telles、Marshall Cordell、Katia Backho、国际 SOS、伽耶警察局、伽耶医学院、Joel Guyton Lee、Dan MacNamara、Carolyn Fath、Craig Kilgore、DW Gibson。

还要对所有的消息提供者说声谢谢。我在全书中应许多消息提供者的要求改了姓名，有的人只愿意在匿名的情况下发表意见，有的人一旦身份暴露的话会有危险。

感谢我的母亲 Linda Carney 和父亲 Wilfred Carney，感谢妹妹 Laura 和 Allison，感谢妹夫 Indira 和 Govi。我的工作时间很奇怪，家人首当其冲地受到影响。我出远门从事危险工作时,他们很担心我,还要阅读那些不太顺畅的草稿内容。

  最重要的,我要感谢妻子 Padma Govindan,她坚定地陪我度过最黑暗的时光以及最振奋的时刻。我构思出的所有概念都征询过她的意见,而我碰到复杂的议题时,她也是我的向导。生命中能有她相知相守,是我的福气。

参考文献

Anagnost, Ann S. "Strange Circulations: The Blood Economy in Rural China," *Economy and Society* 35, no. 4 (November 2006): 509–529.

Caplan, Arthur. "Transplantation at Any Price?" *American Journal of Transplantation* 4, no. 12 (2004): 1933–1934.

Carney, Scott. "My Stint as a Lab Rat," *Isthmus*, December 12, 2005.

———. "Testing Drugs on India's Poor," *Wired News*, December 19, 2005.

Cheney, Anne. *Body Brokers: Inside America's Underground Trade in Human Remains* (New York: Broadway Books, 2006).

Cohen, Lawrence. "Where It Hurts: Indian Material for an Ethics of Organ Transplatation," *Daedalus* 128, no. 4 (1999): 135–165.

Cooper, Melinda. "Experimental Labour—Offshoring Clinical Trials to China," *East Asian Science, Technology and Society* 2, no. 1 (2008): 73–92.

Elliott, Carl. *White Coat, Black Hat: Adventures on the Dark Side of Medicine* (Boston: Beacon Press, 2010).

Ernst & Young. *Progressions 2006: Capturing Global Advantage in the Pharmaceutical Industry* (New York: Ernst and Young Global Pharmaceutical Care, 2006).

Fineman, Mark. "Living Off the Dead is a Dying Trade in Calcutta,"

Los Angeles Times, February 19, 1991.

———. "A Serene, Spiritual Mecca Has Become a Nation of Assassins," *Chicago Tribune*, September 27, 1985.

Goyal, Madhav, Ravindra L. Mehta, Lawrence J. Schneiderman, and Ashwini R. Sehgal. "Economic and Health Consequences of Selling a Kidney in India," *JAMA: The Journal of the American Medical Association* 288, no. 13 (2002): 1589–1593.

石黑一雄《别让我走》(商周：2006)。

Khullar, Mridu. "Americans Seek Stem Cell Treatments in India," *Global Post*, October 6, 2009.

大卫·麦塔斯和大卫·乔高《血腥的活摘器官》(博大：2011)。http://www.organharvestinvestigation.net.

Milliman Research Report. *2008 U.S. Organ and Tissue Transplant Cost Estimates and Discussion* (Brookfield, WI, 2008).

Petryna, Adriana. "Ethical Variability: Drug Development and Globalizing Clinical Trials," *American Ethnologist* 32, no. 2 (2005): 183–197.

Richardson, Ruth. *Death Dissection and the Destitute* (Chicago: Chicago University Press, 2000).

玛莉·罗曲《不过是具尸体》(时报文化：2004)。

Sappol, Michael. "The Odd Case of Charles Knowlton: Anatomical Performance, Medical Narrative, and Identity in Antebellum America," *Bulletin of the History of Medicine* 83, no. 3 (2009): 460–498.

———. *A Traffic in Dead Bodies* (Princeton: Princeton University Press, 2002).

Scheper-Hughes, Nancy. "The Global Traffic in Human Organs,"

Current Anthropology 41, no. 2 (2000): 191–224.

Sharp, Leslie. *Strange Harvest*. (Berkeley: University of California Press, 2006).

Titmuss, Richard. *The Gift Relationship* (London: George Allen & Unwin Ltd., 1970).

Virtue, John. *Leonard and Reva Brooks: Artists in Exile in San Miguel de Allende* (Quebec, Canada: McGill-Queen's University Press, 2001).

Waldby, Catherine, and Robert Mitchell. *Tissue Economies: Blood, Organs, and Cell Lines in Late Capitalism* (Durham, NC: Duke University Press, 2006).

Wang, Guoqi. "Habeus Corpus," *Harpers Magazine*, February 2002.

Weiner, Jonathan. *Long for this World: The Strange Science of Immortality* (New York: Ecco, 2010).

Scott Carney
The Red Market: On the Trail of the World's Organ Brokers, Bone Theives, Blood Farmers, and Child Traffickers
Copyright © 2011 by Scott Carney
Published by arrangement with Kuhn Projects, LLC, through the Grayhawk Agency Ltd

本书中文简体字专有出版权归本社独家所有,非经本社同意,不得转载、摘编或复制

图字:09-2020-829号

图书在版编目(CIP)数据

人体交易 /(美)斯科特·卡尼(Scott Carney)著;姚怡平译. —上海:上海译文出版社,2021.10(2024.7重印)
(译文纪实)
书名原文:The Red Market: On the Trail of the World's Organ Brokers, Bone Theives, Blood Farmers, and Child Traffickers
ISBN 978-7-5327-8840-8

Ⅰ.①人… Ⅱ.①斯… ②姚… Ⅲ.①纪实文学—美国—现代 Ⅳ.①I712.55

中国版本图书馆 CIP 数据核字(2022)第 018705 号

人体交易

[美]斯科特·卡尼 著 姚怡平 译
责任编辑/钟 瑾 装帧设计/邵旻 观止堂_未氓

上海译文出版社有限公司出版、发行
网址:www.yiwen.com.cn
201101 上海市闵行区号景路159弄B座
上海盛通时代印刷有限公司印刷

开本 890×1240 1/32 印张 6.75 插页 2 字数 127,000
2022年4月第1版 2024年7月第4次印刷
印数:14,001—17,000册

ISBN 978-7-5327-8840-8/I·5462
定价:49.00元

本书中文简体字专有出版权归本社独家所有,非经本社同意不得连载、摘编或复制
如有质量问题,请与承印厂质量科联系。T:021-37910000